中國語言文字研究輯刊

二一編

許學仁 主編

第 5 冊

甲骨氣象卜辭類編
（第三冊）

陳冠榮 著

花木蘭文化事業有限公司

國家圖書館出版品預行編目資料

甲骨氣象卜辭類編（第三冊）／陳冠榮 著 -- 初版 -- 新北市：
花木蘭文化事業有限公司，2021〔民 110〕
目 18+162 面；21×29.7 公分
（中國語言文字研究輯刊 二一編；第 5 冊）
ISBN 978-986-518-658-6（精裝）
1. 甲骨文 2. 古文字學 3. 氣象 4. 研究考訂
802.08   110012600

ISBN-978-986-518-658-6

中國語言文字研究輯刊
二一編　　第 五 冊　　　　ISBN：978-986-518-658-6

甲骨氣象卜辭類編（第三冊）

作　　者　陳冠榮
主　　編　許學仁
總 編 輯　杜潔祥
副總編輯　楊嘉樂
編　　輯　許郁翎、張雅淋、潘玟靜　美術編輯　陳逸婷
出　　版　花木蘭文化事業有限公司
發 行 人　高小娟
聯絡地址　235 新北市中和區中安街七二號十三樓
　　　　　電話：02-2923-1455／傳真：02-2923-1452
網　　址　http://www.huamulan.tw 信箱 service@huamulans.com
印　　刷　普羅文化出版廣告事業
初　　版　2021 年 9 月
全書字數　451664 字
定　　價　二一編 18 冊（精裝）　台幣 54,000 元　　版權所有·請勿翻印

甲骨氣象卜辭類編
（第三冊）

陳冠榮 著

目次

第四冊

第二章　甲骨氣象卜辭類編──降水卜辭彙編

第一節　雨

貳、表示時間長度的雨

一、聯雨

著　錄	編號／【綴合】／（重見）	備　註	卜　辭
合集	32176（部份重見《合集》33129）		（3）甲子卜，不聯雨。 （4）其聯雨。

二、征雨

（一）征‧雨

著 錄	編號／〔綴合〕／（重見）	備 註	卜 辭
合集	158		（1）貞：翌甲寅征雨。 （2）翌甲征雨。
合集	4566		（2）貞：不其征雨。 （3）貞：征雨。
合集	7121 反		（1）征雨。
合集	7709 正		（4）貞：征雨。 （5）貞：雨。
合集	8803		（2）貞：征雨。 （3）〔貞〕：不〔其〕征〔雨〕。
合集	12658		（2）貞：征雨。 （3）貞：不其征雨。 （4）貞：亦盥雨。 （5）貞：不亦盥雨。 （6）貞：亦盥雨。
合集	12764 正		（1）丁丑卜，豆，貞：征雨。
合集	12765		（1）壬辰卜，旁，貞：征雨。
合集	12766		（1）貞：征雨。 （2）不其征雨。
合集	12767 正		（1）貞：征雨。

合集	12775	(1) □□卜，王，貞：今丁巳征雨。
合集	12768	(1) 貞：〔征〕雨。
合集	12781	□亥卜，征雨。
合集	12782	征雨。
合集	12785 反（《旅順》602）	征雨。
合集	13049	(2) ……西鄨，〔征〕雨。
合集	13392	(1) □□〔卜〕，旦，貞：茲云征雨。
合集	19778	□□卜，㠯，不其……雨□印，征雨執。
合集	20865	丙申卜，征雨。
合集	20952	(1) 乙未卜，征雨。
合集	21007 正	(3) 癸卯卜，征雨，允雨。
合集	21013	(2) 丙子隹大風，允雨自北，以風。隹戊雨。戊寅不雨。戊寅□〔小〕采㝬，今日陰，不〔雨〕。庚戌雨陰征。 日：征雨，〔小〕采㝬，今日陰，不〔雨〕。庚戌雨陰征。□月。 (3) 丁未卜，翌日㝬雨，小采雨，東。
合集	21021 部份 +21316+21321+21016 【《綴彙》776】	(1) 癸未卜，貞：旬。甲申人定雨……雨……十二月。 (4) 癸卯貞，旬。□大〔風〕自北。 (5) 癸丑卜，貞：旬。甲寅大食雨自北。乙卯小食大啟。丙辰中日大雨自南。 (6) 癸亥卜，貞：旬。一月。庚雨自東。九日辛丑大采，各云自北，雷征，大風自西刜云，率〔雨〕，母譱日……一月。 (8) 癸巳卜，貞：旬。之日巳，羌女老，征雨小。二月。

合集	21350	(9)……大采日，各云自北，雷，風，兹雨不征……隹烄…… (10)癸亥卜，貞：旬。乙丑夕雨，丁卯明雨……采日雨……〔風〕。己明啟。三月。
合集	22387	(3) 己亥卜，夕，庚比斗，征雨。
合集	22274	(1) 辛酉征雨。
合集	23815+24333 【《綴續》495】	(1) 又兄丁二牢，不雨。用，征。 (8) 貞：王亡夤辛征雨。 (6) 乙丑……曰貞：今日……于翌不雨。 (7) 貞：其征雨。 (8) 乙丑征雨，至于丙貞雨，袋。
合集	27019	(3) 己未卜，貞，今日雨。 (4) 庚申卜，貞，征雨。
合集	27814	(2) □日乙□征雨。
合集	30162	□□卜，扶，〔貞〕：征雨。
合集	30164	□申〔卜〕，□，貞：征雨。
合集	33309	(1) 庚寅卜，翌辛卯雨。允雨，壬辰征雨。 (4) ……丁酉雨。
合集	33763	(1) 其雨。 (2) 征雨。
合集	33892	(1) 不雨。 (2) 丙辰卜，今日雨。 (3) 戊午卜，征雨。

著錄	編號／【綴合】／（重見）	備註	卜辭
合集	33945		（1）……今夕至丁亥征大雨。
合集	38160		（2）征雨。 （3）……雨。
合集	38162		（2）不多雨。 （3）辛亥卜，貞：征雨。
合集	40242		（1）□□〔卜〕，貞：征多雨。茲卩。 癸卯卜，弜，貞：征雨。
合集	41596		征雨。
合補	11654（《東大》891）		（3）……餘……征大雨。

（二）其征·雨

著錄	編號／【綴合】／（重見）	備註	卜辭
合集	12586		（1）貞：今夕不雨。 （2）貞：其〔雨〕征·六〔月〕。
合集	12760		（2）〔貞：其〕征雨。
合集	12761		〔貞：其〕征雨·〔王〕……
合集	12762（《旅順》604）+《合補》3792【《契》59】	塗朱	（2）……貞：其征雨。 （3）……其征雨。
合集	12763		□丑卜，亘，貞：其征雨。
合集	13041		癸卯卜，弜，貞：其〔征〕雨。
合集	14433 正		（2）貞：今己亥不征雨。 （3）貞：〔今己〕亥征〔雨〕。

合集	23815+24333【《綴續》495】	(6) 乙丑……曰貞：今日……于翌不雨。 (7) 貞：其征雨。 (8) 乙丑不征雨，至于丙黄雨，糸。
合集	29280+30158【《契》119】	(2) 不征雨。 (3) 其征雨。
合集	30158	(1) 其征雨。
合集	30159	(1) 不征雨。 (2) 其征雨。
合集	30160	(1) 不征雨。 (2) 其征雨。
合集	30161	弱至……宰，才……喪，其征〔雨〕。
合集	33943	(3) 乙卯卜，乙丑其雨征。 (4) 乙卯卜，其雨丁。允雨丁。
合集	38181	其征雨。
合補	3780 正（《天理》123 正）	(1) 貞：其征雨。
屯南	0784	(2) 其征雨。 (3) 不征雨。
屯南	2911+3078【《醉》186】	(2) 不雨。 (3) 其雨。 (5) 其征雨。 (6) ……貞：〔王〕往田……雨。

著　錄	編號／【綴合】／（重見）	卜　　辭	備　註
花東	227	癸亥夕卜，日延雨。子凩曰：其延雨。用。	
花東	400	（1）乙亥夕卜，日不雨。 （2）乙亥夕卜，其雨。子凩曰凩曰：今夕霜，其于丙雨，其多日。用。（衍「凩曰」二字） （3）丁卜，雨不延于庚。 （4）丁卜，〔雨〕其〔延〕于庚。子凩曰：□。用。	（2）衍「凩曰」二字
愛米塔什	125（《劉》079）	貞：其延雨。	

（三）延……雨

著　錄	編號／【綴合】／（重見）	卜　　辭	備　註
合集	12776	……延雨……之日……延□。	
合集	21777	（1）……宁延馬二丙‧辛巳雨，以言。	
合集	28602	乙丑卜，王弜延往田，其雨。	
合集	30122	（1）重亞徙□、田曽、延〔往〕于向，亡戋‧永〔王〕，不冓雨。	
屯南	3114	（1）……延彭祖乙……不雨。 （2）甲申……雨。	
花東	149	（6）庚戌卜，〔雨〕卯宜，翌壬子延彭，若。用。	

（四）……延‧雨

著　錄	編號／【綴合】／（重見）	卜　　辭	備　註
合集	10863 正	（3）……其延雨。	

來源	編號	備註	釋文
合集	3971 正 +3992+7996+10863 正+13360+16457+《合補》988+《合補》3275 正+《乙》6076+《乙》7952【《醉》150】		(10) □翌辰□其征雨。 (11) 不征雨。
合集	12758		貞：□其征雨。
合集	12762（《旅順》604）+《合補》3792【《契》59】	塗朱	(2) ……貞：其征雨。 (3) ……其征雨。
合集	12776		……征雨……之日……征□。
合集	12780 正		(1) □卯卜……征雨。
合集	12783		……征雨。
合集	12800		(1) □□〔卜〕，盧，〔貞〕……日……雨。 (2) □□卜，盧，〔貞〕……其征〔雨〕。 (3) 貞：不其征〔雨〕。
合集	12996		(1) ……其征〔雨〕。允不征雨。
合集	13138		(2) ……征雨。
合集	17759 反		……征雨。
合集	24864		……其征雨。六月。
合集	32003+32004【《綴續》510 遙綴】		(4) □戌卜，□亥□征雨。
合集	33359		(3) ……征雨。
合集	38182+38185（《合補》11646）		(1) 壬申卜，貞：夕征雨。 (2) ……不征雨。兹卬。

著錄	編號／【綴合】／（重見）	備註	卜　辭
合集	38183		（1）其雨。 （2）……游……征雨。
合集	38184		□征雨。〔茲〕卟。
合補	3792		（2）……其征雨。
合補	3796		（2）□巳卜……征雨。
史語所	105		……征雨。

（五）不征雨

著　錄	編號／【綴合】／（重見）	備　註	卜　辭
合集	3458 正		（11）不征雨。
合集	3971 正+3992+7996+10863 正+13360+16457+《合補》988+《合補》3275 正+《乙》6076+《乙》7952【《醉》150】		（10）□翌辰□其征雨。 （11）不征雨。
合集	5658 正		（10）丙寅卜，爭，貞：今十一月帝令雨。 （11）貞：今十一月帝不其令雨。 （14）不征雨。
合集	7996 甲		（5）不征雨。
合集	12786		貞：今己亥不征雨。
合集	12790		（1）貞：今□不征〔雨〕。
合集	12791		貞：不征雨。

合集	12792	貞：不征雨。
合集	12805	己巳……戾其……不征雨。
合集	12806	（1）□西雨不征。
合集	14433 正	（2）貞：今己亥不征雨。 （3）貞：〔今己〕亥〔其〕征〔雨〕。
合集	21021 部 份 +21316+21321+21016 【《綴彙》776】	（1）癸未卜，貞：旬。甲申人定雨……雨……十二月。 （4）癸卯貞，旬。□大〔風〕自北。 （5）癸丑卜，貞：旬。甲寅大食雨自北。乙卯小食大啟。丙辰中日大雨自南。 （6）癸亥卜，貞：旬。一月。戾雨自東。九日辛丑大采，各云自北，大風自西⋯⋯云，率〔雨〕，母蠚日……月。 （8）癸巳卜，貞：旬。之日巳，羌女老，征雨小。二月。 （9）……大采日，各云自北，雷，茲雨不征，隹嫼⋯⋯ （10）癸亥卜，貞：旬。乙丑夕雨，丁卯明雨⋯⋯采日雨。〔風〕。己明啟。三月。
合集	28611	（2）今日征雨。 （3）不征雨。
合集	29280+30158 【《契》119】	（2）不征雨。 （3）其征雨。
合集	30159	（1）不征雨。 （2）其征雨。
合集	30160	（1）不征雨。 （2）其征雨。

著錄	編號	卜辭
合集	30166（《合補》3784）	（1）不征雨。 （2）……干雨。
合集	32113	（4）丁巳，小雨，不征。
合集	32114+《屯南》3673（《合補》10422）	（2）丁巳，小雨，不征。
合集	32517	（6）丁巳小雨，不〔征〕。
合集	33838（部份重見《合集》33823）	（1）〔丁〕酉卜，戊戌雨，允雨。 （2）丁酉卜，戊戌雨，允雨。 （3）〔丁〕酉卜，己亥雨。 （4）丁酉卜，辛〔丑〕至癸卯〔雨〕。 （5）丁酉……庚子雨。 （6）辛丑卜，不征雨。 （7）癸卯卜，己巳雨，允雨。 （8）癸丑卜，己卯雨。 （9）及今夕雨。 （10）不雨。 （11）允不雨。
合集	33903+《合補》10620【《醉》294】	（2）辛未卜，今日征雨。 （3）不征雨。
合集	33938	（1）弜征〔雨〕。 （2）不冓雨。
合集	33942	不征雨。
合集	33944	（2）雨不征。

來源	編號	卜辭
合集	33986	（3）于巳酉徝雨。幻用 （4）乙未〔卜〕，歲祖□三十牢□。玆用。羞世歲衩，雨。不徝雨。
合集	38161+38163（《合補》11645）	（10）乙未卜，律衩，不雨。 （11）其雨。
合集	38179	（1）……不多雨。 （2）壬子卜，貞：湄日多雨。 （3）不徝雨。
合集	41303（《英藏》2466）	（1）弗灙，□月又大雨。 （2）壬寅卜，貞：今夕徝雨。 （3）不徝雨。
合集	41595	（1）甲申卜，不徝雨。 （2）不徝雨。 （3）……雨。
合補	3777（《合補》3797）	（2）不徝〔雨〕。
合補	3795	（1）不徝〔雨〕。
合補	10620（《懷特》1602）	（2）不徝雨。
合補	11644（《懷特》1884）	不徝雨。
屯南	0006+0012+H1.18【《醉》74】	（1）戊午卜，今日戊王其田，不雨。吉 （2）其雨。吉 （3）〔今〕日戊，不徝雨。吉
屯南	0784	（2）其徝雨。 （3）不徝雨。

著錄	編號	備註	卜辭
花東	103	（4）衍一「于」字	（1）丁卯卜，雨不至于夕。 （2）丁卯卜，雨其至于夕。子囚曰：其至、亡翌戊，用。 （3）己巳卜，雨不征。 （4）己巳卜，雨不征。子囚曰：其征冬日。用。 （5）己巳卜，才狀，其雨。子囚曰：其雨亡司，夕雨。用。 （6）己巳卜，才狀，其雨。子囚曰：今夕其雨，若。己雨，其于翌庚亡司。用。
花東	400	（2）衍「囚曰」二字	（1）乙亥夕卜，日不雨。 （2）乙亥夕卜，其雨。子囚曰囚曰：今夕霝，其于丙雨，其多日。用。 （3）丁卜，雨不征于庚。 （4）丁卜，〔雨〕其〔征〕于庚。子囚曰：于囚：□。用。
旅順	605		（2）〔己〕亥卜，〔史〕，貞：今〔夕征〕雨。 （3）不征雨。

（六）不其征雨

著錄	編號／【綴合】／（重見）	備註	卜辭
合集	3286+4570（《合補》495 正）【《綴彙》9】		（4）今丙午不其征雨。 （6）貞：今丙午征雨。
合集	4566		（2）貞：不其征雨。 （3）貞：征雨。
合集	6366+12803（《合補》3787）【《甲拼續》423】		（1）不其征雨。

著錄	編號	釋文
合集	8001 正	(3) 貞：今日不其征雨。 (4) [貞]：今日□雨。
合集	8803	(2) 貞：征雨。 (3) [貞]：不 [其] 征 [雨]。
合集	12576	(1) 貞：今夕不其征雨。 (2) 貞：今夕雨。五月
合集	12658	(2) 貞：征雨。 (3) 貞：不其征雨。 (4) 貞：亦卽雨。 (5) 貞：不卽雨。 (6) 貞：亦卽雨。
合集	12766	(1) 貞：征雨。 (2) 貞：不其征雨。
合集	12793	貞：不其征雨。
合集	12794 正	貞：不其征雨。
合集	12795	(1) 貞：不其征雨。
合集	12796	(2) [貞]：不其征 [雨]。
合集	12797	(1) 貞：不其征雨。
合集	12798	(1) 貞：不其征雨。
合集	12799	貞：不其征雨。
合集	12800	(1) □□ [卜，盧，[貞] ……日……雨。 (2) □□卜，盧，[貞] ……其征 [雨]。 (3) 貞：不其征 [雨]。

著錄	編號	卜辭	備註
合集	12801 正	(1) 不其亦征雨。	
合集	12802 反	(2) 不其征雨。	
合集	12804 反	(1) 不其征雨。	
合集	14346	(1)〔貞〕：不其征雨。	
合集	30165	貞：不其征雨。	
天理	546	(1) 辛，今日征〔雨〕。 (2) 癸亥卜，今日其征雨。	

（七）日·征雨

著錄	編號／【綴合】／（重見）	卜辭	備註
合集	20611	(2) 庚午卜，㚷，日其征雨，不若。見□。	
花東	227	癸亥夕卜，日征雨。子鳳曰：其征雨。用。	

（八）夕·征·雨

著錄	編號／【綴合】／（重見）	卜辭	備註
合集	12777＋《菁齋》5-16-13【《契》359】	(1) 壬寅卜，史，貞：今夕征雨。	
合集	12778（《合補》3781）	貞：今夕征雨。□月。	
合集	12779	(2) 貞：今夕征雨。	
合集	12784	□夕征雨。	
合集	12787（《合集》35656）	貞：今夕〔不〕征雨。	
合集	12788 正	(1) 貞：今夕不征雨。	
合集	12789	貞：今夕不其征雨。	

合集	12973＋臺灣某某收藏家藏品＋《乙補》5318＋《乙補》229【《綴彙》218】	（1）甲子卜，殻，翌乙丑不雨。允□雨。 （2）甲子卜，殻，翌乙丑其雨。 （3）……翌……雨。允不雨。 （4）乙丑卜，殻，翌丙寅其雨。 （5）丙寅卜，殻，翌丁卯不雨。 （6）丙寅卜，殻，翌丁卯其雨。丁卯允雨。 （7）丁卯卜，殻，翌戊辰不雨。 （8）丁卯卜，殻，翌戊辰其雨。 （9）戊辰卜，殻，翌戊辰其雨。 （10）戊辰卜，殻，翌戊辰其雨。 （11）己巳卜，殻，翌庚午不雨。允不〔雨〕。 （12）己巳卜，殻，翌庚午其雨。 （13）壬申卜，殻，翌癸……雨。 （14）癸酉卜，殻，翌甲戌不雨。 （16）〔乙亥〕卜，殻，翌丙子不雨。 （17）乙亥卜，殻，翌丙子其雨。 （18）丙子卜，殻，翌丁丑其雨。 （19）翌丁丑其雨。 （20）辛酉卜，殻，翌壬戌不雨，之日夕雨不止。 （21）辛酉卜，殻，翌壬戌其雨。 （22）壬戌卜，殻，翌癸亥不雨，癸亥雨。 （23）癸亥卜，殻，翌甲子不雨，甲子雨小。
合集	14692	
合集	15512	（1）□□卜，亘，貞：今夕不征雨。 庚子卜，今夕不征〔雨〕。
合集	24859＋《明後》2087	（3）庚子卜，貞：今夕征雨。

著錄	編號	卜辭	備註
合集	24862	□午卜，丙，〔貞：今〕夕不征雨。	
合集	30163	……王……夕征雨。	
合集	33945	（1）……今夕至丁亥征大雨。 （2）征雨。 （3）……雨。	
合集	38179	（1）弗遘，□月又大雨。 （2）壬寅卜，貞：今夕征雨。 （3）不征雨。	
合集	38182+38185（《合補》11646）	（1）壬申卜，貞：夕征雨。 （2）……不征雨。兹𠭯。	
合補	3782	貞：今夕征雨。	
合補	3791	……夕不征〔雨〕。	
合補	3793	……夕其征〔雨〕。	
旅順	605	（2）〔巳〕亥卜，〔史，貞〕：今〔夕征〕雨。 （3）不征雨。	
旅順	607	〔□□卜〕，史，〔貞，今夕〕征〔雨〕。	

（九）今日・征・雨

著錄	編號／【綴合】／（重見）	卜辭	備註
合集	12769	甲戌卜，㞷，〔貞：今〕日征雨。	
合集	12770	癸酉卜，貞：今日征〔雨〕。	
合集	12771	丁巳卜，㞷，貞：今日征雨。	
合集	12772	今日征雨。	
合集	12773	□亥卜，□，貞：今〔日〕征雨。	

著錄	編號／【綴合】／（重見）		卜　　辭
合集	12774		貞：今〔日〕征雨。
合集	12775		（1）□□卜，王，貞：今丁巳征雨。
合集	12924		王□卜（卜），貞：今征雨。允雨。
合集	13868+《合補》5006【《甲拼》254】		（2）己酉卜，貞：翌辛亥其雨。 （5）己酉卜，貞：今日征雨。
合集	14553		（1）乙未卜，爭，貞：今日其征雨。
合集	24225		（3）癸亥卜，出，貞：今日征雨。
合集	24880		□辰卜，兄，〔貞〕：今日征，茲〔不〕冓大雨。
合集	28611		（2）今日征雨。 （3）不征雨。
合集	30896+《屯南》4181【《甲拼三》682】		（3）今日不征雨。 （4）……雨。
合集	33903+《合補》10620【《醉》294】		（2）辛未卜，今日征雨。 （3）不征雨。
合集	37536		（1）戊戌卜，才満，貞：今日不征雨。
合集	38180（《合集》41863）		壬子卜，貞：今日征雨。
天理	546		（1）辛，今日征〔雨〕。 （2）癸亥卜，今日其征雨。
旅順	601	填墨	（1）辛亥〔卜〕，貞：今日征〔雨〕。

（十）今・干支・征・雨

著　錄	編號／【綴合】／（重見）	備　　註	卜　　辭
合集	3286+4570（《合補》495 正）【《綴彙》9】		（4）今丙午不其征雨。 （6）貞：今丙午征雨。

著錄	編號／【綴合】／（重見）	卜辭	備註
合集	12775	(1) □□卜，王，貞：今丁巳征雨。 貞：今己亥不征雨。	
合集	12786	(2) 貞：今己亥不征雨。	
合集	14433 正	(3) 貞：[今己]亥（其）征[雨]。	

（十一）翌・征・雨

著錄	編號／【綴合】／（重見）	卜辭	備註
合集	158	(1) 貞：翌甲寅征雨。 (2) 翌甲征雨。	
合集	3971 正 +3992+7996+10863 正 +13360+16457+《合補》988+《合補》3275 正+《乙》6076+《乙》7952【醉150】	(10) □翌辰□其征雨。 (11) 不征雨。	

（十二）月・征・雨

著錄	編號／【綴合】／（重見）	卜辭	備註
合集	5658 正	(10) 丙寅卜，爭，貞：今十一月帝令雨。 (11) 貞：今十一月帝不其令雨。 (14) 不征雨。	
合集	12576	(1) 貞：今夕不其征雨。 (2) 貞：今夕雨。五月。	
合集	12586	(1) 貞：今夕不雨。 (2) 貞：其[雨]征・六[月]。	
合集	12778 (《合補》3781)	貞：今夕征雨。□月。	

著錄	編號	卜辭
合集	19771	（4）乙丑卜，王虫三妾于父乙。三月征雨。
合集	21013	（2）丙子隹大風，允雨自北，以風，隹戊雨，戊黄不雨。㓞。曰：征雨〔小〕采，今日陰，不〔雨〕。庚戌陰雨陰征。□月。 （3）丁未卜，翌日戊雨，小采雨，東。
合集	21021 部份＋21316＋21321＋21016 【《綴彙》776】	（1）癸未卜，貞：旬。甲申人定雨……雨……十二月。 （4）癸卯貞，旬。□大〔風〕自北。 （5）癸丑卜，貞：旬。甲寅大食雨自北。乙卯小食大啟。丙辰中日大雨自南。 （6）癸亥卜，貞：旬。一月。庚雨自東。九日辛丑大采，各云自北，雷。大風自西删云。率〔雨〕。母酋日……一月。 （8）癸巳卜，貞：旬。之日巳，羌女老，征雨小。三月。 （9）……大采日，各云自北，雷，兹雨不征，隹蜷…… （10）癸亥卜，貞：旬。乙丑夕雨，丁卯明雨……采日雨。〔風〕。己明啟。三月。 ……其征雨。六月。
合集	24864	（1）弗瀸，□月又大雨。 （2）壬寅卜，貞：今夕征雨。 （3）不征雨。
合集	38179	

（十三）征·允·雨

著錄	編號／【綴合】／（重見）	卜辭
		備 註
合集	12924	王□〔卜〕，貞：今征雨。允雨。
合集	12925	今日丁巳允雨不征。

著錄	編號	卜辭	備註
合集	12934	今夕允延雨。	
合集	12947	□延雨。□夕允〔延雨〕。	
合集	12955	……〔延〕……之□允雨。	
合集	14161反（《合補》3367反）	（1）己丑卜，爭，翌乙未不雨。王固曰…… （2）……〔乙〕未不雨。 （3）〔癸〕未卜，爭，貞：雨。 （4）王固曰：雨，隹其不延。甲午允雨。 （5）王固曰：于羊雨。	
合集	21007 正	（3）癸卯卜，延雨，允雨。	
合集	24861	貞：今夕允不延雨。	
合集	33309	（1）庚寅卜，翌辛卯雨。翌辛卯雨，壬辰延雨。 （4）……丁酉雨。	

（十四）雨・延・驗辭

著錄	編號／【綴合】／（重見）	卜辭	備註
合集	20397	（1）壬戌又雨。今日小采允大雨。延伐，箸日隹啟。	
合集	20960	（2）……北雨，允雨。 （3）……雨……昃，夕雨，壬允雨。 （4）丙午卜，今日其雨，大采雨自北，延狁，少雨。	
合集	21013	（2）丙子隹大風，允雨，以風。戊戌雨，隹戊雨。以曰：（小）采日：延雨，〔小〕采雨，今日陰，不〔雨〕。庚戌雨陰延。□月。 （3）丁未卜，翌日戊雨，小采雨，東。	
合集	30212	（2）戊不雨〔雨〕，延大啟。	

三、㝬雨

（一）㝬雨

著錄	編號／【綴合】／（重見）	備註	卜　辭
合集	1080反		（1）雨不㝬。 （3）貞：□岳雨。 （5）貞：不其㝬雨。 （6）㝬雨。
合集	1330		（2）貞：亦㝬雨。
合集	2978正＋12657正【《甲拼續》573】		不㝬〔雨〕。四月
合集	12564		辛巳卜、今十月亦㝬〔雨〕。
合集	12621（《合補》3808正）		不㝬〔雨〕。十二月。
合集	12641		亦㝬〔雨〕。
合集	12655		〔亦〕㝬雨。
合集	12656		（2）貞：亦㝬雨。
合集	12657正 12658		（2）貞：征雨。 （3）貞：不其征雨。 （4）貞：亦㝬雨。 （5）貞：不亦㝬雨。 （6）貞：亦㝬雨。
合集	12659正		（1）貞：今夕其亦㝬雨。 （2）貞：今夕不亦㝬雨。
合集	12660		……㝬雨。

合集	12661	(1) 貞：今乙丑亦盦〔雨〕。 (2) 貞：今日不其亦盦〔雨〕。
合集	12662 正	□子卜，□，貞：今□盦〔雨〕。
合集	12663	貞：不盦雨。
合集	12664	貞：不盦雨。
合集	12665（《合補》3807、《東大》243）	(1) 貞：不其盦雨。
合集	12666	(2) 貞：不其盦雨。
合集	12667	不盦雨。
合集	14468 正	(2) 貞：取岳，出雨。 (3) 取，亡其雨。 (4) 貞：〔其亦〕盦雨。 (5) 不其亦雨。
合集	14468 反	(2) 王固曰：其雨。 (4) 王固曰：其亦盦雨，隹己。
合集	33926+34176	(5) 攸雨。〔注1〕 (6) 不攸雨。 (7) 丁酉卜，不往，茻雨。 (8) 于來戊戌茻雨。 (9) 戊戌卜，暫雨。
合集	40303（《英藏》725 正）	(6) 癸丑卜，亘，貞：亦盦雨。

〔注1〕「攸雨」即「脩雨」「脩雨」，指連綿不絕的長雨。參見蔡哲茂：《甲骨綴合續集》，頁174。

著錄	編號／[綴合]／（重見）	卜辭	備註
合補	3801	（3）盧雨。 （4）貞：不其盧雨。	
合補	3802	貞：不其盧雨。	
合補	3803	不盧雨。四月。	
合補	3804	……盧雨。	
合補	3806 正（《懷特》241 正）	……盧雨。	
合補	3807（《東大》243）	（1）貞：不其盧雨。	

（二）盧……雨

著錄	編號／[綴合]／（重見）	卜辭	備註
合集	40286（《英藏》829）	（2）丁……盧□。戊寅夕雨。	

四、汝雨

著錄	編號／[綴合]／（重見）	卜辭	備註
合集	33871	（1）丁雨。 （2）丙寅卜，丁卯其至于翌雨。 （3）丁卯卜，今日雨。夕雨。 （4）戊辰卜，己啟，不。 （5）己巳卜，庚啟，不。 （6）庚不啟。 （7）庚午卜，雨。 （8）乙亥卜，今日其至于翌不冓雨。 （9）乙其雨。 （10）乙其雨。	

參、表示程度大小的雨

一、大雨

著錄	編號／【綴合】／（重見）	備註	卜辭
合集	03250		丙子卜，貞：多子其祉屮疾，不冓大雨。
合集	03537 正		（2）……今夕其大雨疾。
合集	05972		（1）……辛至，其冓大〔雨〕。
合集	12579		（2）……大雨。五月。
合集	12598		（1）貞：今日其大雨。七月。 （2）不冓〔雨〕。
合集	12704（《中科院》1163）		（3）貞：其屮大雨。
合集	12705		……大雨。
合集	12706		冓大雨。
合集	12707		（1）貞：亡其大雨。
合集	12708		……亡大雨。
合集	12726		……〔雨〕。丙子……〔五〕日大雨。
合集	12808		……酉大雨。
合集	18792（《合補》3486）		（1）癸□卜，史，貞：旬亡囚……屮……龜。乙卯……日大雨。
合集	20132		□□卜，木，大〔雨〕……
合集	20397		（1）壬戌又雨。今日小采允大雨。祉伏，着日隹啟。

合集	20945（《史語所》9）	□卯卜，王……旬五月……𡆥，大雨。
合集	21021 部份+21316+21321+21016【《綴彙》776】	(1) 癸未卜，貞：旬。甲申人妥雨……雨……十二月。 (4) 癸卯貞，旬。□大〔風〕自北。 (5) 癸丑卜，貞：旬。甲寅大食雨自北。乙卯小食大啟。丙辰中日大雨自南。 (6) 癸亥卜，貞：旬。一月。㞢雨自東。九日辛丑大采，各云自北，雷征，大風自西刜云，率〔雨〕，母𧈫日……一月。 (8) 癸巳卜，貞：旬。之日巳，羌女老，征雨小。二月。 (9) ……大采日，各云自北，雷，茲雨不征，隹𡼁…… (10) 癸亥卜，貞：旬。乙丑夕雨。丁卯明雨……采日雨。〔風〕。己明啟。三月。
合集	21025	九日辛亥旦大雨自東，小……〔虹〕西。
合集	22404	(2) 己亥大雨。
合集	22435	(1) 丙寅，貞：亡大雨。允。三月。
合集	23533	(3) ……今……大雨。
合集	24865	又大雨。
合集	24867	□□〔卜〕，出，〔貞〕……巫不……大雨。
合集	24868	乙酉卜，大，貞：及茲二月出大雨。
合集	24879	(1) □酉卜，□逐，貞：王㞢歲不冓大雨。
合集	24880	□辰卜，兄，〔貞〕：今日㞢，茲〔不〕冓大雨。
合集	26961	(1) 卯叀𪊨，又大雨。
合集	27038	(1) 〔一〕人，霝大雨。 (2) 二人，大雨。

合集	27039	（1）弜丁彫，又大〔雨〕。
合集	27207+27209+29995【《醉》270】	（6）茲月至生月，又大雨。（7）〔茲〕月至〔生〕月，亡〔大〕雨。
合集	27219+34107【《合補》8725】	（3）己丑卜，今夕大雨。
合集	27499（《歷博》181）	（1）高妣夒叀羊，又大雨。（2）叀牛，此又大雨。
合集	27656+27658【《合補》9518】	（2）弜于宗彩，亡〔雨〕。（3）于伊尹䲭，乙大雨。（4）弜桒于伊尹，亡雨。
合集	27657	（2）……伊尹，亡大雨。
合集	27949	（1）今日辛亥，馬其先，不遘大〔雨〕。
合集	27954	（2）……大雨。
合集	28021	（2）于翌日壬歸，又大雨。（3）甲子卜，亞㠱耳龍。啟，其啟，弗每，又雨。
合集	28085	（3）弗及茲夕又大雨。
合集	28220	（2）……又大雨。
合集	28227	（1）己酉卜，□，貞：叀二□用，又大〔雨〕。吉（2）……年……雨。
合集	28244	（4）叀大牢，此大雨。
合集	28252	（2）貞：即于文宗，又雨。（3）其桒年䵼，叀□彫，又大雨。

合集	28255	其黍年于岳，兹又大雨。吉
合集	28266	□□卜，其黍年于示希，又大〔雨〕。大吉
合集	28275	（1）其黍年祖丁，先彰，又雨。吉 （2）……年……宗……彰，〔又〕大雨。
合集	28282	（2）黍年，此又大〔雨〕。
合集	28293	……黍年……又大雨。
合集	28295	……黍年，又大雨。
合集	28296	（2）其祝黍年，又大雨。
合集	28345	（2）……大雨。
合集	28347	（3）王其田㝬，不冓大雨。
合集	28422	東鷹……年，又大雨。
合集	28491	乙丑卜，狄，貞：今日乙王其田，湄日亡災，不遘大雨。大吉
合集	28514	（2）戊王其田，湄日不冓大雨。 （3）其冓大雨。
合集	28515+《安明》1952+30144【《契》116】	（1）戊辰卜：今日戊，王其田，湄日亡戈，不……大吉 （2）弜田，其每，遘大雨。 （3）……湄日亡戈，不遘大雨。 （4）其獸，湄日亡戈，不遘大雨……吉
合集	28516	王王其田，湄日不遘大雨。
合集	28517	王辰〔卜〕，貞：今〔日〕□〔王其田〕，湄日不〔遘〕大〔雨〕。吉

合集		
合集	28539	(1) 辛⋯⋯允大〔雨〕。 (2) 今日辛王其田，不冓雨。 (3) 其冓雨。 (4) 壬子其田，雨。 (5) ⋯⋯雨。
合集	28543+《英藏》2342【《甲拼》176】〔註1〕	(3) 丁巳卜，翌日戊王其田，不冓大雨。 (4) 其冓大雨。
合集	28546+30148【《醉》278】	(1) 丁至庚，不遘小雨。大吉 (2) 丁至庚，不遘小雨。吉　茲用。小雨。 (3) 辛王其田至壬不雨。吉 (4) 辛至壬，其遘大雨。 (5) ⋯⋯茲⋯⋯又大雨。
合集	28547+28973【《甲拼》224】	(2) 不遘小雨。 (3) 翌日壬王□省喪田，尿遘大雨。 (4) 其暮不遘大雨。
合集	28625+29907+30137【《甲拼》172】	(1) 王其省田，不冓大雨。 (2) 不冓小雨。 (3) 其冓大雨。 (4) 其冓小雨。 (5) 今日庚湄日至昏不雨。 (6) 今日其雨。 〔(1)「田」字缺刻橫劃。〕

〔註1〕劉影：「不冓小雨」與「其雨」、對貞，「其雨」與「其冓大雨」、對貞）、《合集》28544（「不雨」與「其冓大雨」、對貞）、《合集》28546+《合集》30148（「不雨」與「其冓大雨」、對貞，對貞共見一版）等也存在類似辭例，可參看。參見《甲骨拼合集》，頁441。

著錄	編號	釋文
合集	28628（《歷博》195）	(1) 方叀，叀庚酚，又大雨。大吉 (2) 叀辛酚，又大雨。吉 (3) 翌日辛，王其省田，叙入，不雨。兹用　吉 (4) 夕入，不雨。 (5) □日，入省田，湄日不雨。
合集	28645	王叀田省，湄日亡戋，不冓大雨。
合集	28658	(1) 叀田省，冓大〔雨〕。
合集	28680	(2) 王王弜田，其每，其冓大雨。
合集	28702	(2)〔其〕遘大雨。
合集	28717	(2) □王異田，亡大雨。
合集	28854	(1)〔隹〕大雨。兹用 (2) 隹小雨。吉
合集	28919+30142【《甲拼三》685】	(1) 庚午卜，翌日辛亥其乍，不遘大雨。吉 (2) 其遘大雨。 (8) 不雨。
合集	28939	(1) 其雨。兹用。大雨。
合集	28977	(2)〔王〕亡大雨。 (3) 其又大雨。
合集	28990	(2) 叀喪田省，不〔遘〕大雨。
合集	28993	(5) ……王其□麖田，叀宮，不冓雨。
合集	29157	(1) 辛亥卜，王其省田，叀盂〔戋〕，不冓大雨。 (2) 叀盂田省，不冓大雨。 (3) 叀宮田省，湄日亡戋，不冓大雨。

合集	29165	(2) 其冓大雨。 (3) ……小雨。
合集	29173	(1) 叀宮田省，不冓大雨。 (2) ……省……雨。
合集	29214	(2) 于宮彔，又雨。 (3) 囗囗田霋，又大雨。
合集	29298+29373【《契》112】	(2) 其遘大雨。 (3) 戉，王其田𣏟，不遘小雨。
合集	29411	(2) 囗囗〔卜〕，扶，〔貞〕……日……大雨。
合集	29547	(2) 大雨。
合集	29699	(2) 甲申亡大雨。
合集	29789	(1) 叀日中又大雨。 (2) 其雨。
合集	29914	(1) 今日至丁又雨。 (2) 〔今日至〕丁亡大雨。
合集	29916	今日至己亡大雨。
合集	29994	(2) 翌日戊又雨。 (3) 于己大雨。 (4) 〔今〕至己亡大雨。
合集	30007	又大雨。
合集	30008（《中科院》1622）	又大雨。囗用
合集	30009	(1) 又大雨。 (2) 囗大雨。

合集	編號	綴合	卜辭
合集	30010		……疾□尋……又大雨。
合集	30011		(1) 丁丑亡大雨。 (2) 其又大雨。
合集	30012		(1) 又大雨。
合集	30013		王其箕……又大雨。
合集	30014		(1) 茲夕亡大雨。 (2) 又大雨。
合集	30015		(2) 甲亡大雨。 (3) 又大雨。
合集	30015+30058+《綴》3.123【《酺》253】		(1) 壬午卜，今日壬亡大雨。 (2) 其又大雨。 (3) 癸亡大雨。 (4) 其又大雨。 (5) 甲亡大雨。 (6) 〔其〕又大雨。
合集	30016		又大雨。大吉
合集	30017+30020+41608【《綴續》505】		(2) 叀羊，又大雨。 (3) 叀小宰，又大雨。 (4) 叀牛，又大雨。 (5) □羌□大雨。
合集	30018		叀……大雨。
合集	30019		(1) 其又大雨。

合集	30021	(2) 叀大雨。 (3)〔不〕冓雨。
合集	30022+30866【《綴彙》448】	(1) 桒雨，叀黑羊，用，又大雨。 (2) 叀白羊，又大雨。 (3) 叀乙，又大雨。 (4) 叀丙彭，又大雨。 (5)〔叀〕丁彭，囗大雨。
合集	30023	叀牛，又大雨。
合集	30024	(1) 叀羊，又大〔雨〕。 (2)〔叀〕牛，〔又〕大雨。 (3) 叀小宰，又大雨。
合集	30025	叀啓至大雨。
合集	30027	(1) 又大雨。
合集	30028	(3) 叀万平舞，又大雨。 (4) 叀戉平舞，又大〔雨〕。
合集	30029	〔叀〕平舞，亡大雨。
合集	30030 (《蘇德美日》德87)	其叀平舞，又大雨。
合集	30031 (《合集》41606)	(2) 今日乙霝，亡雨。 (3) 其霝童，又大雨。 (4) 于尋，又大雨。 (5) ……大雨。

合集	30032	(1) 叀庚申桒，又正，又大雨。 (2) 叀各桒，又正，又大雨。大吉 (3) 叀妗桒，又正，又大雨。吉 (4) 叀商桒，又正，又大雨。
合集	30033	(1) 其쌀卯，又大雨。 (2) 钐酓，亡大雨。
合集	30034	(1) 叀庚出，〔又〕大〔雨〕。吉 (2) 叀辛出，又大雨。吉　吉
合集	30035	于己又大雨。大吉
合集	30036	(1) 叀癸又大雨。
合集	30037	(2) 叀戊出，又大雨。 (3) 己出，大雨。
合集	30038	(2) 于壬酓，又大雨。 (3) 于癸酓，又雨。
合集	30039	(1) 于翌日戊酓，又大雨。
合集	30040	(1) 不雨。 (2) 其雨。 (3) 叀翌日戊又大雨。 (4) 叀辛又大雨。
合集	30041	于翌日丙舞，又大雨。吉　吉
合集	30042	(2) 于翌辛夕，又大雨。
合集	30043	(1) 翌日壬歸，又大雨。
合集	30044	(1) 虐〔舞〕三田：喪、盂、又大雨。 (2) ……舞……大〔雨〕。

合集	編號	卜辭
合集	30045	(2) 于[甲]，又大雨。 (3) 大雨。
合集	30046	(1) 又三羊，大雨。 (2) ……于又日彭，又大雨。
合集	30047	(1) 己巳卜，其尋[ ]，又大雨。
合集	30048	(1) 自今辛至于來辛又大雨。 (2) 〔自〕今辛至〔于〕來辛亡大雨。
合集	30049	……至于壬又大雨。
合集	30050	(1) 自乙至丁又大雨。 (2) 乙夕雨。大吉。 (3) 丁亡其大雨。 (4) 今夕雨。吉 (5) 今夕不雨，入。吉
合集	30051	……大雨。
合集	30052	(2) ……大雨。
合集	30053	……大雨。
合集	30054+30318【《甲拼三》678】	(1) 才兔[ ]北[ ]，又大雨。 (2) 即右宗夔，又雨。 (3) ……牛……此，又大雨。
合集	30055	……大雨。
合集	30056	(1) 壬申卜，今日不大雨。
合集	30057	壬子卜，乙又大雨。大吉
合集	30059	(2) 今日壬亡大雨。
合集	30060	今日癸不大雨。

合集	30061		今夕亡大雨。吉　吉
合集	30062		(1) 己亡大雨。大吉
合集	30063		甲戌〔卜〕、□、貞：今茲……亡大〔雨〕。
合集	30064		……亡大雨。
合集	30065		……其畐柰……雨，才盂零，又大雨。
合集	30066		(1) 辛未又小雨。 (2) 壬申亡大雨。
合集	30067		(1) 叀小雨。 (2) 叀大雨。
合集	30077		(1) 戊，王弜……其冓雨。 (2) 〔其〕冓大雨。
合集	30130		(1) 不遘大雨。 (2) 其遘大雨。
合集	30131		(2) 万其柰，不遘大雨。 (3) 其遘大雨。
合集	30132 (《合補》09515、《天理》542)		其遘大雨。吉
合集	30133		(3) 不冓大雨。 (4) 其冓大雨。 (5) 不冓小雨。 (6) 其雨。
合集	30134		其遘大〔雨〕。
合集	30135		其冓大雨。
合集	30136		(1) 王……日〔不冓〕大〔雨〕。 (2) 其冓大雨。

合集	30138	(2) ……其田……〔冓〕大雨。
合集	30139	其冓大雨。
合集	30140	〔冓〕大雨。
合集	30141	(2) 其冓大雨。 (3) ……冓……雨。
合集	30143	辛酉卜，丁卯不遘大雨。
合集	30145	(2) 不冓大雨。
合集	30146	(2) 不冓大雨。 (3) ……小雨。
合集	30149	(2) 允大雨。吉
合集	30168	(1) ……〔于〕夫，又大雨。
合集	30169	(1) 又大雨。吉 (2) 其烄永女，又雨。大吉 (3) 弜烄，亡雨。吉
合集	30170	又烄，亡大雨。
合集	30171	(2) 至來辛，亡大雨。 (3) 秋夐其方，又大雨。
合集	30172	□卜，其烄泰女，又大雨。大吉
合集	30269（《合補》09517）	(2) 蛊大雨。
合集	30319	(1) 貞：王其彫夐于文宗，又大雨。 (2) 其桼火門，又大雨。
合集	30320+30405【《醉》282】	(2) 其即于右宗，又大雨。 (3) ……于……大雨。

合集	30329	(2) 叔豕，即宗迺岳，于之，又大雨。
合集	30331	……即宗，亡大雨。
合集	30391	(2) 王又歲于帝五臣，正，隹亡雨。 (3) ……柔，又于帝五臣，又大雨。
合集	30393	(2) 豆殸叀小宰，又大雨。 (3) 辣風叀豚，又大雨。 (4) ……雨。
合集	30395	……又于方，又大雨。
合集	30400	(2) ……亡……大雨。
合集	30410	(2) 弜取，亡大雨。吉 (3) ……即……岳，又大雨。
合集	30411	(1) □酉卜，王其每岳叀大□彔豚十，又大雨。大吉
合集	30415	(2) 其柔年河眔岳，彭，又大雨。 (4) 其敕岳，又大雨。 (5) 弜敕，即宗，又大雨。
合集	30419（《合集》34226）	(2) 于岳希，又大雨。
合集	30421	于岳……大雨。
合集	30453	(2) 其尞取，又大雨。 (3) ……〔唐〕迺，又大雨。
合集	30454	其敕立，又大雨。吉
合集	30456	其燓又于小山，又大雨。
合集	30459	(1) □□卜，其姘，其妍……亡雨。大吉 用 (2) ……〔炆〕，又大雨。

合集	30552	（1）弜用萑羊，亡雨。 （2）叀白羊用，于之，又大雨。
合集	30635	□亥卜，叀兹祝……大雨。
合集	30637+30666【《合補》9516】	（2）叀卯于之，又大雨。
合集	30720	（2）……大雨。
合集	30756	（2）大〔雨〕。
合集	30826	貞：叀乙卯酚，又大雨。
合集	30866	（1）叀□酚，〔又〕大雨。 （2）叀丙酚，又大雨。 （3）〔叀〕甲酚，〔又〕大雨。
	30886	……酚，又大雨。
合集	30889	酚，又大雨。
合集	31061	（1）……其壽禾，又〔大〕雨。吉
合集	31064	貞：弜旬，其遘大雨。
合集	31185	（2）……〔遘〕大〔雨〕。
合集	31198	（1）戊束于壴，轟大雨。
合集	31199	（1）翌日庚其束乃犟，卯，至來庚又大雨。 （2）翌日庚其束乃犟，卯，至來庚亡大雨。 （3）來庚剢束乃犟，亡大雨。
合集	31283	……又夢，隹王又歲于〔示〕帝，亡大雨。
合集	33788	（1）丙戌〔卜〕，丁亥不雨。 （2）其雨。 （3）丙戌卜，叀大雨，用。

合集	33884	（1）戊戌，〔貞〕：今日戊大〔雨〕。 （2）不雨。
合集	33945	（1）……今夕至丁亥征大雨。 （2）征雨。 （3）……雨。
合集	33963（《中科院》1568）	〔大〕雨。不用（註2）
合集	34226	（2）于岳希，又大雨。
合集	36552	（1）乙巳卜，才商，貞：衣，茲□遘〔大雨〕。 （2）其遘大雨。
合集	36739+3196+38205（《合補》11652） 【《綴彙》293】	（3）丁巳卜，貞：今日王其逤于喪，不遘大雨。
合集	36981	（1）……辛年于示王，更翌日壬子彫，又大雨。 （2）……〔辛〕年示王，更……牛用，又大雨。
合集	37645	（2）戊辰卜，貞：今日王田㲂，不遘大雨。 （3）其遘大雨。 （4）□□卜，貞：〔王〕田㲂……大雨。
合集	37646	戊辰卜，才簞，貞：王田㲂，不遘大雨。茲印。才九月。
合集	37744	（1）其雨。 （2）□□卜，貞：〔王〕田㹟，不遘大雨。
合集	37777	（1）辛酉卜，貞：今日王其田㲂，不遘大〔雨〕。 （2）其遘大雨。

合集	37787	(1) 戊寅卜，貞：今日王其田淒，不遘雨。兹卩。 (2)〔其遘〕大〔雨〕。
合集	38117+38124+38192【《合補》11643】	(3) □□卜，貞：……大雨。
合集	38165	(1) 癸未卜，〔貞〕：兹月又大雨。兹卩。夕雨。 (2) 于生月又大雨。 (3) □□卜，貞：……雨。
合集	38166	(1) 丁卯卜，〔貞：兹〕月〔又大雨〕。 (2) 于生月又大雨。
合集	38167	及兹夕又大雨。巳。
合集	38168	大雨。
合集	38171	(1) 其遘大雨。 (2) ……雨。
合集	38172	□□〔卜〕，貞：翌日戊王……不遘大雨。
合集	38173	其遘大雨。
合集	38177	(1) 丙子卜，貞：翌日丁丑王其邊旅、征述，不遘大雨。兹卩。
合集	38179	(1) 弗遘，□月又大雨。 (2) 王寅卜，貞：今夕征雨。 (3) 不征雨。
合集	38187（《合補》11654、《東大》891）	(3) ……餗……遘大雨。
合集	38231	……鄉……于夐……北宗，不〔遘〕大雨。
合集	40892（《英藏》01850）	(1) 己丑……庚寅易日，出大雨。 (3) □〔戊〕卜……乙未不雨。

合集	41308（《英藏》02336）	（1）于翌日旦……大雨。 （2）祥伐又大雨。
合集	41362	（2）其遘大雨。
合集	41400	（1）叀牢，又大雨。 （2）叀黃牛，又大雨。
合集	41401	□叀羊，〔又〕大雨。
合集	41402	（1）不遘大雨。 （2）其遘大雨。
合集	41408	弜至彭，又大雨。
合集	41411（《英藏》02366）	（2）弜彭于闅，亡雨。 （3）叀闅彭彭，又雨。 （4）其彭于弜，又大雨。 （5）弜彭，亡雨。 （6）弜翌甲彭鼎彭，又雨。
合集	41413	（1）叀……彭，……大雨。 （2）叀辛巳彭，此又大雨。
合集	41514	（1）王其漢，湄日不冓大雨。 （2）……雨。
合集	41606	（2）今日乙霝，亡雨。 （3）其霝叀，又大雨。 （4）于寽，又大雨。 （5）……大雨。
合集	41607（《英藏》02337）	叀癸，又大雨。

合集	41866（《英藏》02567）		（2）壬申卜，才盥，今日不雨。 （3）其雨。茲卟。 （4）□寅卜，貞：[今]日戊王[田]變，不遘大雨。
合補	655（《天理》131）		（1）貞：今夕不雨大雨疾。
合補	9064（《東大》1260）		王其田湄[日]遘大雨。
合補	9395		（2）……大雨。
合補	9515（《天理》542）		其冓大雨。吉
合補	9516		（2）暨卻于之，又大雨。
合補	9518		（2）弜于示柔，亡[雨]。 （3）于伊尹柔，乙大雨。 （4）弜柔于伊尹，亡雨。
合補	9519		大雨。吉
合補	9520（《天理》548）		（1）翌日庚出大雨。
合補	9521（《天理》549）		（1）……大雨。
合補	9522（《懷特》1369）		（2）自示壬至毓，又大雨。 （3）自大乙至毓，又大雨。
合補	9523		辛丑……大雨。
合補	9526		（2）……大雨。 （3）王其□盂，其雨。
合補	9568（《懷特》1322）		（2）……蝀颩，大雨。
合補	11654（《東大》891）		（3）……帥……征大雨。

屯南	0042	(1) 弜田，其冓大雨。 (2) 自日至食日不雨。 (3) 食日至中日不雨。 (4) 中日至昃不雨。
屯南	0335	(1) 弜庚申其雨。 (2) 叀庚午彔于襄田，不遘大雨。 (3) 弜庚午其雨。
屯南	0537	(1) 辛又大〔雨〕。 (2) 壬又大雨。
屯南	0537	(1) 辛又大〔雨〕。 (2) 辛又大雨。
屯南	0622	……〔夏〕岳，辛卯其囊彫，又大雨。
屯南	0673	(2) 十牛，壬受又，又大雨。大吉 (3) 其桒年河，沈，王受又，大雨。吉 (4) 弜沈，王受又，大雨。
屯南	0757	(1) 辛弜田，其每，雨。 (2) 于壬王迺田，湄日亡戈，不冓大雨。
屯南	0846	……大雨。
屯南	1032	……其射兕兕，不冓大雨。
屯南	1127	(1) 〔戊〕辰卜，今日啟，不雨。引吉 (2) 馬其先，王兌比，不冓大雨。
屯南	1881	……
屯南	2090	(1) 其冓大雨。

著錄	編號	卜辭
屯南	2107	(2) 叀四小军用，又雨。吉 (3) ……〔大〕雨。 (4) 叀五小军用，又大雨。 (5) ……雨。
屯南	2283	(1) 丙□卜，丁亥雨。允雨。己丑大雨。 (2) 于乙雨。 (3) 〔于〕癸雨。
屯南	2339	……其勾……鷹于……上甲，王受年。〔又〕大雨。
屯南	2562	(4) ……翌日戊……彭，又大〔雨〕。
屯南	2610	(2) 其冓大雨。 (3) 不雨。 (4) 其雨。
屯南	2623	(2) 弜用黃羊，亡雨。 (3) 叀白羊用，于之又大雨。
屯南	2723	(1) ……冓大雨。 (2) □卯卜，今日不大雨。引吉
屯南	2828	燊年于……臣叀豚……又大雨。
屯南	2892	(1) ……大雨。
屯南	2963	王其〔雨〕。兹用。大雨。
屯南	2966	(1) 其冓大雨。 (2) 不冓小雨。 (3) 辛，其冓小雨。 (4) 王，王其田，湄日不冓大雨。大吉 (5) 王，其冓大雨。吉 (6) 王，王不冓小雨。

屯南	3137	(1) 叀□〔彭〕，又〔大〕雨。 (2) 叀甲彭，又大雨。 (3) 叀□彭，又〔大〕雨。
屯南	4123	……大雨。
屯南	4334	(3) 又大雨。吉 (4) 亡大雨。 (5) 及茲夕又大〔雨〕。吉 (6) 弗及茲夕又大雨。吉
屯南	4399	(2) 辛卯卜，壬辰大雨。 (3) 癸巳卜，乙未雨。不雨。 (4) 己酉卜，庚戌雨。允雨。
屯南	4412	(2) 〔即〕于岳，又大雨。
屯南	4450	(1) 叀辛卯彭，又大雨。 (2) 叀辛丑彭，又雨。
屯南	4580	(1) 戊，遘大雨。 (2) 其遘大雨。吉
北大	1451	□□卜，大雨，夕……
英藏	2566	(3) 不遘大雨。 (4) 其遘大雨。
旅順	1277	……大〔雨？〕……
蘇德美日	《德》300	叀己彭又大雨。
蘇德美日	《德》301	□丑卜，丁卯鼎日亡大雨。吉

二、小雨／雨小

著錄	編號／【綴合】／（重見）	備註	卜　辭
合集	1106 正（《乙》6479 綴合位置錯誤）+12063 正+《乙補》5337+《乙補》5719【《醉》198】		(2) 貞：今乙卯不其雨。 (3) 貞：今乙卯允其雨。 (4) 貞：今乙卯不其雨。 (5) 貞：自今旬雨。 (6) 貞：今日其雨。 (7) 今日不〔雨〕。
合集	1106 反（《乙》6480 綴合位置錯誤）+12063 反+《乙》6048+《乙補》5720【《醉》198】		(2) 王〔固曰〕：其雨。 (3) 〔王〕固曰：……雨小，于丙□多。 (4) 乙卯舞出雨。
合集	6025		(2) ……隹……雨〔小〕。
合集	8648 反（《合補》01396 反）		(1) 丙子卜，貞：雨。 (2) 王固曰：其雨。 (4) 〔王〕固曰：其隹庚戌雨小，其隹庚□雨。
合集	9814+《合補》1787【《甲拼》114】		(4) ……〔日〕雨小。
合集	12533（《合集》40211）		……〔今夕〕……之夕允雨小。三月。
合集	12709	後「今」字為衍文。	辛酉卜，貞：今夕今小雨。
合集	12710		(1) 貞：雨小。
合集	12711（《旅順》638）（註3）		貞：今夕其雨小？

〔註3〕釋文據朱歧祥：《釋古疑今——甲骨文、金文、陶文、簡文存疑論叢》第十七章　《旅順博物館所藏甲骨》正補，頁368。卜辭中習見「雨小」和「小雨」之例，但未見「小雨」的讀法，因此本辭當讀為「其雨小」。

合集	12712	貞：今夕不其小雨。
合集	12868	癸巳卜，㠱，貞：希雨小。
合集	12908+《東大》444【《綴彙》409】	(1) 庚午卜：辛未雨。 (2) 庚午卜：壬申允雨。□月。 (6) 丙申卜……酉雨。之夕坐丁酉允雨小。 (7) □酉卜，翌戊戌雨。 (8) ……卜，癸酉雨。
合集	12927反	□日允雨。小。
合集	12928	□日允〔雨〕，小。
合集	12929	(1) 貞：〔癸〕未雨。 (2) ……其雨。□日允〔雨〕小。
合集	12933	貞：今夕其……夕允〔雨〕小。
合集	12973+臺灣某收藏家藏品+《乙補》5318+《乙補》229【《綴彙》218】	(1) 甲子卜，殼，翌乙丑不雨。允□雨。 (2) 甲子卜，殼，翌乙丑其雨。 (3) ……翌□雨。允其雨。 (4) 乙丑卜，殼，翌丙寅其雨。 (5) 丙寅卜，殼，翌丁卯不雨。 (6) 丙寅卜，殼，翌丁卯其雨。丁卯允雨。 (7) 丁卯卜，殼，翌戊辰不雨。 (8) 丁卯卜，殼，翌戊辰其雨。 (9) 戊辰卜，殼，翌戊辰其雨。 (10) 戊辰卜，殼，翌戊辰其雨。 (11) 己巳卜，殼，翌庚午不雨。允不〔雨〕。 (12) 己巳卜，殼，翌庚午其雨。

合集	12981	（13）壬申卜，殸，翌癸……雨。 （14）癸酉卜，殸，翌甲戌不雨。 （16）〔乙亥〕卜，殸，翌丙子不雨。 （17）乙亥卜，殸，翌丙子其雨。 （18）丙子卜，殸，翌丁丑不雨。 （19）翌丁丑其雨。 （20）辛酉卜，殸，翌壬戌不雨，之日夕雨不征。 （21）辛酉卜，殸，翌壬戌其雨。 （22）壬戌卜，殸，翌癸亥不雨，癸亥雨。 （23）癸亥卜，殸，翌甲子不雨，翌甲子雨小。 ……允〔雨〕小。
合集	20398	（2）戊寅卜，于癸舞，雨不 （3）辛巳卜，取岳，從雨。不從。三月。 （4）乙酉卜，于丙桒岳，比。用。不雨。 （7）乙未卜，其雨丁不。四月。 （8）乙未卜，翌丁不其雨。允不 （10）辛丑卜，桒秊从，甲辰𡇡，雨小。四月。
合集	20901+20953+20960 部份（《乙》34） 【《綴續》499】	（2）……北雨，允雨。 （3）……雨……𠂤，夕雨。壬允雨。 （4）丙午卜，今日其雨，大采雨自北，征㞢，小雨。
合集	20912	（1）庚辰卜，𡉚，今夕其雨。允雨，小。 （2）庚〔辰〕卜，𡉚，隹于辛巳其雨，雨小。
合集	20942	……丁亥改，辛卯雨小。六日至己雨。三月。

合集	21021 部份+21316+21321+21016【《綴彙》776】	（1）癸未卜，貞：旬。甲申人定雨……雨……十二月。 （4）癸卯貞，旬。□大〔風〕自北。 （5）癸丑卜，貞：旬。甲寅大食雨自北。乙卯小食大啟。丙辰中日大雨自南。 （6）癸亥卜，貞：旬。一月。昃雨自東。九日辛丑大采，各云自北，雷征，大風自西刜云，率〔雨〕，母蠆日……一月。 （8）癸巳卜，貞：旬。之日巳，羌女老，征雨小。二月。 （9）……大采日，各云自北，雷，風，茲雨不征，隹蟪…… （10）癸亥卜，貞：旬。乙丑夕雨，丁卯明雨……采日雨〔風〕。己明啟。三月。
合集	28543+《英藏》2342【《甲拼》176】	（1）不冓小雨。 （2）其雨。 （3）丁巳卜，翌日戊王其田，不冓大雨。 （4）其冓大雨。 （5）不冓小雨。
合集	28546+30148【《醉》278】	（1）丁至庚，不冓小雨。大吉 （2）丁至庚，不冓小雨。吉　茲用。小雨 （3）辛壬其田至不雨。吉 （4）辛至壬，其冓大雨。 （5）……茲……又大雨。
合集	28547+28973【《甲拼》224】	（2）不冓小雨。 （3）翌日壬王□省畟田，机遘大雨。 （4）其暮不冓大雨。

合集	28604		（2）用小雨。
合集	28625+29907+30137【《甲拼》172、《綴彙》33】	（1）「田」字缺刻横劃。	（1）王其省田，不冓大雨。 （2）不冓小雨。 （3）其冓大雨。 （4）其冓小雨。 （5）今日庚湄日至昏不雨。 （6）今日其雨。
合集	28854		（1）〔隹〕大雨。茲用 （2）隹小雨。吉
合集	29165		（2）其冓大雨。 （3）……小雨。
合集	29298+29373【《契》112】		（2）其遘大雨。 （3）戊，王其田虞，不遘小雨。
合集	29819		（1）□□〔卜〕，何，貞……小雨。
合集	29913		（2）今日癸其雨。 （3）翌日甲不雨。 （4）甲其雨。 （5）茲小雨。吉
合集	29970		甲戌卜，雨小。
合集	30066		（1）辛未又小雨。 （2）壬申亡大雨。
合集	30067		（1）重小雨。 （2）重大雨。

合集	30068	（1）叀小雨。
合集	30069	不冓小雨。
合集	30070	（2）王，王其冓小雨。
合集	30071	其〔冓〕小雨。
合集	30072	……冓小雨。
合集	30133	（3）不冓大雨。（4）其冓大雨。（5）不冓小雨。（6）其雨。
合集	30146	（2）不冓大雨。（3）……小雨。
合集	30150	（1）湄日不雨。（2）其雨。（3）小雨。
合集	30151	叀小雨。
合集	30214（部份重見《合集》41612；《合補》09449）	（2）庚小雨。吉 （4）辛不雨。
合集	30899	……又……眔彭，小〔雨〕。
合集	32114+《屯南》3673（《合補》10422）	（2）丁巳，小雨，不延。
合集	32517（《中科院》1555）	（6）丁巳小雨，不〔延〕。
合集	33331	（2）甲辰卜，乙巳其夔于岳大牢，小雨……
合集	33719	（3）□亥……雨……小雨。
合集	33919	（1）甲□〔卜〕，今日〔雨〕小，不□。（2）其雨。

合集	33920	(2) 壬戌卜，甲子小雨。 (3) 壬戌卜，甲子其雨。
合集	38169	(2) 其遘雨。兹卯。小雨。
合集	38170	其遘小雨。
合補	3846 正（《懷特》235 正）	……壬介，不隹我示……日戊申允雨小。
合補	9541（《天理》122）	(1) 其冓〔雨〕。 (2) 不冓小雨。
合補	9546（《天理》544）	(1) 其遘小雨。 (2) 不遘小雨。吉
屯南	0645	(2) 兹冓小雨。
屯南	1581	(1) 小〔雨〕。 (2) □亥卜，庚寅雨。〔才〕章卜。
屯南	2526	(1) 叀小雨。
屯南	2735+2753【《綴彙》625】	(1) 王其冓小雨。吉。用 (2) ……雨……吉……
屯南	2966	(1) 其遘大雨。 (2) 不遘小雨。 (3) 辛，其遘小雨。 (4) 壬，王其田，湄日不遘大雨。大吉 (5) 壬，其遘大雨。吉 (6) 壬，王不遘小雨。
屯南	4092	(1) ……遘〔小〕雨。

著錄	編號／[綴合]／（重見）	卜辭	備註
屯南	4513+4518	（2）戊寅卜，于癸舞，雨不。三月。 （4）乙酉卜，于丙桒岳，从。用。不雨。 （5）乙未卜，其雨丁不。四月。 （6）乙未卜，翌丁不其雨。允不。 （10）辛丑卜，桒燮，从。甲辰陷，小雨。四月。	
村中南	113	叀小雨？吉。茲用。	
花東	271	（1）甲夕卜，日雨。子曰：其雨小。用 （2）甲夕卜，日不雨。	
旅順	256正	小雨？	
蘇德美日	《美》01	（1）乙丑，貞：于庚翌，雨。 （2）乙丑，貞：雨。日：戊寅。旬四日，其雨小。十二月。	

三、雨少

著錄	編號／[綴合]／（重見）	卜辭	備註
合集	6037正	（1）貞：翌庚申我伐，易日：庚申明陰，王來金首，雨少。 （3）……雨。 （4）翌乙〔丑〕不其雨。	
合集	6037反	（1）翌庚其明雨。 （2）不其明雨。 （3）〔王〕固曰：易日，其明雨，不其夕，雨。乙丑夕雨。 （4）王固曰：其雨。乙丑夕雨少，丙寅璽雨多，丁……	

四、多雨／雨多

著錄	編號／[綴合]／（重見）	備註	卜辭
合集	6037 正		(1) 貞：翌庚申我伐，易日。庚申明陰，王來金首，雨少。 (3) ……雨。 (4) 翌乙〔丑〕不其雨。
合集	6037 反		(1) 翌庚其明雨。 (2) 不其明雨。 (3)〔王〕固曰：易日，其明雨，不其夕〔雨〕少。 (4) 王固曰：其雨。乙丑夕雨少，丙寅喪雨多，丁……
合集	8648 正（《合補》1396 正）		(1) 貞：雨。 (2) 不其雨。 (3) 貞：今日其雨。 (4) 今日不其雨。 (5) 癸酉卜，旦，貞：生月多雨。
合集	8648 反（《合補》1396 反）		(1) 丙子卜，貞：雨。 (2) 王固曰：其雨。 (4)〔王〕固曰：其隹庚戌雨小，其隹庚□雨。
合集	10976 正		(7) 辛未卜，爭，貞：生八月帝令多雨。 (8) 貞：生八月帝不其令多雨。 (12) 丁酉雨至于甲寅旬出八日。〔九〕月。
合集	12496		(1) □□卜，今一月多雨。辛巳〔雨〕。
合集	12501		貞：生一月不其多〔雨〕。
合集	12511 正		(1) 己丑卜，㱿，貞：翌庚寅不雨。 (2) 丙申卜，旦，貞：今二月多雨。王固曰：其隹丙……

合集	12543	……三月不其多〔雨〕。
合集	12577 正	甲午卜，㱿，貞：今五月多雨。
合集	12692 正	□□〔卜〕，韋，貞：今夕多雨。
合集	12693	(2) 庚午卜，□申雨。 (3) 多〔雨〕。
合集	12694 正	貞：多雨。
合集	12694 反	王固曰：吉。多〔雨〕。
合集	12695 正 (《中科院》515 正)	……多雨。
合集	12696	……多雨。
合集	12697	……多雨。
合集	12698	(1) ……□□〔卜〕……多雨。
合集	12699	……〔多〕雨。
合集	12700	……雨多。
合集	12701	……〔多〕雨。
合集	12702	□未卜，貞：今夕雨多。
合集	12703	(1) □申卜，□，貞：□夕〔多〕雨。 (2) 丁□〔卜〕，貞：夕〔多〕雨。
合集	12914	□□卜，韋，貞：亦多雨。王固曰……丙午允雨。
合集	12945	□卯雨。之夕允雨。多。
合集	14136	□□〔卜〕，盼，貞：今三月帝令多雨。
合集	14140 正	……十一月……帝令多雨。
合集	19690 反	(2) ……多雨。

合集	24869	(1) ……自枳……遘雨。 (2) ……多雨。
合集	29908	(2) 壬寅卜，雨。癸日雨，亡風…… (3) 不雨。〔癸〕…… (5) 乙亥卜，今秋多雨。 (7) 多雨。 (8) 丙午卜，日雨。 (9) ……不雨。
合集	38160	(2) 不多雨。 (3) 辛亥卜，貞：征雨。
合集	38161+38163【《合補》11645】	(1) ……不多雨。 (2) 壬子卜，貞：湄日多雨。 (3) 不征雨。
合集	38162	(1) □□〔卜〕，貞：征多雨。茲吅 (2) 不多雨。
合集	38164	(1) 貞：〔今〕夕其多雨。
合集	39768（《英藏》1555）	(1) 子□又雨。 (2) 己卯卜，貞：今日多雨。
合集	41871（《英藏》2588）	……多雨。
合補	4125 正	(1) 丁酉卜，王其观田，不冓雨。大吉。茲允不雨。 (2) 弜观田，其冓雨。 (3) 其雨，王不雨余。吉 (4) 其雨余。吉
屯南	2358	

著錄		卜　辭
英藏	1072	（8）辛多雨。 （9）不多雨。 （10）壬多雨。 （11）不多雨。 （12）翌日王雨。 （13）不雨。
蘇德美日	《德》302	（1）……雨多。
蘇德美日	《德》303	其多雨〔亡〕弋。

備註：不多雨。

五、从雨

著　錄	編號／【綴合】／（重見）	備　註	卜　辭
合集	1123+《上博》2426·798【《甲拼續》592】		（1）甲申卜，旁，貞：蔓婞，出从〔雨〕。 （2）貞：勿蔓婞，亡〔其〕从〔雨〕。
合集	1131 正		（1）貞：〔重〕蔓奸，出从雨。
合集	1134		（2）……出从雨。
合集	1136		（1）貞：出〔从〕雨。 （2）貞：蔓聞，出从雨。
合集	1137+15674（《合補》3799）【《甲拼》32】		（1）貞：勿蔓，亡其从雨。 （3）貞：蔓，出从雨。 （4）貞：蔓聞，出从雨。
合集	1138		（1）甲子卜，蔓霧京，从雨。

合集	7387	(3) ……出从雨。 (4) ……亡从〔雨〕。
合集	8331+12688【《甲拼》135】	貞：往于河，亡其从雨。
合集	8333（《合補》152反、《天理》30）+14420【《甲拼》128】	(2) 往于河，出〔从〕雨。 (5) 往于河，亡〔其〕从雨。
合集	9177正	(1) 貞：今丙戌豐奴，出从雨。 (2) 貞：奴，亡其从雨。
合集	9177反	(2) 王固曰：隹翌丁不雨，戊雨。 (3) 庚〔寅〕出〔从雨〕。
合集	9552	(1) 丁亥卜，〔貞〕：岳石出从雨。 (2) 貞：未石出从，戊戊雨。
合集	9981	(2) 辛丑卜，□，貞：往于岳，出从雨。
合集	11959	(1) 乙卯不其雨。 (2) ……東茂，从雨。
合集	12522正	(1) 貞：亡其从雨。二月。
合集	12675	(2) ……出从雨。
合集	12676	(2) 出从雨。 (3) 出从雨。 (4) 貞：〔亡〕其从〔雨〕。
合集	12677	(1) 出从〔雨〕。 (2) 出从雨。
合集	12678正	□□〔卜〕、〔殼〕、〔貞〕……我……出从雨。

合集	12679	出从雨。
合集	12680	(1) 出从雨。
合集	12681	(1) 〔庚〕午卜，貞：〔翌〕辛未□□其彭，出从雨。
合集	12682 正	□从雨。
合集	12683	(1) □□卜，貞：岳⋯⋯从雨。
合集	12684	⋯⋯用兹飙⋯⋯我秦方⋯⋯从雨。
合集	12685	⋯⋯从雨。
合集	12686	□□卜，今⋯⋯从雨。
合集	12687	(1) 貞：亡其从雨。 (2) ⋯⋯岳⋯⋯雨，我⋯⋯
合集	12688	亡其从雨。
合集	12689	(2) 貞：亡其从雨。
合集	12690	⋯⋯其从雨。
合集	12691（《蘇德美日》《德》51）+40416（《合補》4103）	(5) 岳其从雨。 (6) 弗从雨。
合集	12818	(1) 丙辰卜，貞：今日秦舞，出从雨。 (2) ⋯⋯雨。
合集	12820	(1) 辛未卜，貞：自今至乙亥雨。一月。 (2) 乙未卜，今夕秦舞，出从雨。
合集	12827	(2) 〔乙〕卯卜，不其〔雨〕。 (3) 丙辰卜，今日秦舞，出从〔雨〕。不舞。

合集	12828		（1）戊申卜，今日枲舞，业从雨。
合集	12829		戊申……舞，今□业从雨。
合集	12830 反		乙未卜，〔貞〕：舞，今夕〔业〕从雨不。
合集	12831 正		（1）辛巳卜，㚇，貞：乎舞，业从雨。 （2）貞：乎舞，业从雨。
合集	12831 正+《乙補》6457【酢】47】		（1）辛巳卜，㚇，貞：乎舞，业从雨。 （2）貞：乎舞，业从雨。
合集	12831 反+《乙補》1912+《乙補》6458【酢】47】		（1）王囚曰：吉。其业从（雨）之…… （2）之夕雨。
合集	12832		□申卜，□，貞，舞，〔业〕从雨。
合集	12833		兹舞，业从雨。
合集	12834（《旅順》415）		……河，舞……从雨。
合集	12841 正甲+正乙+《乙補》3387+《乙補》3376【酢】123】		（1）……舞，业从雨。 （2）貞：勿舞，亡其从雨。
合集	12978		乙〔巳卜〕，今日枲舞，允从雨。 ……业从雨。戊允雨。
合集	12979		（1）其雨。 （2）貞：舞，允从雨。
合集	12980		（1）□戊卜……从〔雨〕。
合集	13429		（1）王申卜，多疊舞，不其从雨。 （2）貞：任于夔，业从雨。
合集	14115+14116【甲拼】44】		
合集	14375		（1）貞：亡其从雨。 （2）业从雨。
合集	14479+14494（《合補》3800）		

合集	14575		庚申卜，設，貞：取河，出从雨。
合集	14755 正		（3）貞：翌丁卯桒舞，出雨。 （4）翌丁卯勿，亡其雨。 （9）貞：出从雨。
合集	15675		甲子卜，貞：燮，出从雨。
合集	18903	（朱書）	貞：翌丙，今日亡其从雨。□吉。
合集	18952（《合集》40724）		貞：亡其从〔雨〕。
合集	20971		庚午卜，貞：平征舞，从雨。
合集	20975		（2）壬午卜，☐，𡙊高，雨。 （3）己丑卜，舞羊，今夕从雨，于庚雨。 （4）己丑卜，舞〔羊〕，庚从雨，允雨。
合集	30409	「河」字漏刻「水」旁	（1）甲子卜，燮河，从雨。
合集	33273+41660（《合補》10639，部份重見《合集》34707）【《綴彙》4】	（7）其中一「于」字為衍文。	（5）戊辰卜，及今夕雨。 （6）弗及今夕雨。 （7）癸酉卜，又燮于于六云，五豕卯五羊。 （9）燮于岳，亡从才雨。 （11）癸酉卜，又燮于六云，六豕卯六羊。 （15）隹其雨。 （18）庚午，燮于岳，又从才雨。 （20）今日雨。
合集	33921		（3）又从雨。 （4）玆亡雨。

合集	34295		(1) □□卜，今日□舞河涎岳，〔又〕从雨。
合集	34485		(1) 乙卯卜，今日焂，从雨。 (2) 于己未雨。
合集	40306（《英藏》418）		……山‧屮从雨。
合集	40308（《英藏》1846）		硪石屮〔从〕雨。
合集	41332		(2) 貞：勿从雨，辛重〔王〕族平……
合補	3534（《懷特》219）		……今日……从雨。
合補	3798（《懷特》244）		貞：亡其从雨。
合補	3837		(1) 戊子卜……从雨。
合補	3877		〔貞：从〕雨。
屯南	2373		(2) ……巳，亡从雨。 (3) ……雨。
屯南	3586	(3)、(4) 兩辭塗朱	丁未卜，憂……母庚，又从雨。三月。
中科院	502		(3) 亡其从雨。 (4) ……□不雨。
北大	1508		貞：从雨。
英藏	01073		……从雨。
英藏	01149		(4) 舞河，从雨。
英藏	02445		……岳，从雨。
國博	019		(2) □丑卜，□貞：□王屮岳，从雨。

六、簪雨

著　錄	編號／【綴合】／（重見）	備　註	卜　辭
合集	3536		庚辰卜，彀，貞：簪雨。
合集	20470		（4）丙午卜，其生夕雨，癸丑允雨。 （5）……陰，不雨。 （7）……簪……其……戾……雨……雨。
合集	33926+34176		（5）攸雨。 （6）不攸雨。 （7）丁酉卜，不往，冓雨。 （8）于來戊戌冓雨。 （9）戊戌卜，簪雨。
屯南	0145		（1）丁丑，〔貞〕：簪雨。 （2）不簪雨。
屯南	1452		（2）己又簪雨。 （3）不簪〔雨〕。

肆、標示範圍或地點的雨

一、雨‧在／在‧雨

(一)在‧雨

著錄	編號／【綴合】／（重見）	備註	卜辭
合集	902正		(1) 己卯卜，㱿，貞：不其雨。 (2) 己卯卜，㱿，貞。雨。王固：其雨。隹壬午允雨。 (3) ……其……言〔雨〕在瀧。 (4) 王不雨在瀧。
合集	7894		貞：其〔雨〕。十月。在甫魚。
合集	7895		貞：其雨。□〔月〕。在甫魯。
合集	7896		貞：今其雨。在甫魚。
合集	7897+14591【《契》195】		(1) 癸亥卜，爭，貞：翌辛未王其酚河，不雨。 (3) 乙亥〔卜，爭〕，貞〕：其〔桒〕醫、衣、〔至〕于亘，不冓雨。十一月。在甫魚。 (4) 貞：今日其雨。十一月。在甫魚。
合集	12523		(1) 貞：不雨。在白。二月。
合集	12733		貞：其冓雨。在宗。
合集	14591		(1) 癸亥卜，爭，貞：翌辛未王其酚河，不雨。 (3) 貞：今日其雨。十月。在甫魚。
合集	20907		己未卜，今日不雨，在來。
合集	24365		(1) □□〔卜〕，行，〔貞：今〕夕〔不〕雨。 (2) 貞：其雨。在旅卜。

合集	24368	（1）貞：其雨。在淩卜。
合集	24687	（1）貞：其雨。在正月。 （2）〔貞〕：其雨。〔在〕台裘〔卜〕。
合集	24791+24803【《甲拼三》713】	（1）貞：今夕〔不〕雨。 （2）貞：〔其雨〕。在〔四月〕。 （3）貞：其雨。在四月。 （4）貞：其雨。在台。 （5）貞：其雨。在四月。 （6）貞：今夕不雨。 （7）貞：其雨。 （9）貞：今夕不雨。在五月。 （10）貞：其雨。 （12）貞：今夕不雨。在五月。 （13）〔貞〕：其雨。
合集	30065	……其畐柔……雨。在盂莕，又大雨。
合補	7381（《東大》630）	（2）貞：今夕其雨。之夕允雨。十月。在門。
屯南	1581	（1）小〔雨〕。 （2）□亥卜，庚寅雨。〔在〕□辈卜。
屯南	2149	（1）丁亥卜，庚卯〔雨〕。在京□。 （2）戊子卜，夐，雨…… （6）其雨。

（二）雨‧在□

著錄	編號／【綴合】／（重見）	卜　辭	備　註
合集	11769	貞：雨。在□。	
合集	12500	(1) 己酉卜，字，貞：今日王其步□見，雨，亡災。一月。／在□。	
合集	12612	……夕允雨。八月。在□。	
合集	12877反	(2) ……雨水。在□。	
合集	13406	癸巳卜，㱿，貞：雨雷。十月。在□。	
合集	20500	(4) 丁雨，在。	
合集	37669+38156【《綴續》431】	□□卜，貞：今日王……雨。兹卯。在……／貞：不雨。〔在〕□。	
英藏	02343		
懷特	1084正	貞……雨……在……	

（三）在‧雨

著錄	編號／【綴合】／（重見）	卜　辭	備　註
合集	10136正	(3) 己亥卜，爭，貞：在媦田，出正雨。	
合集	20962	癸亥，貞：旬甲子方又祝，在邑南。乙丑啟，㞢雨自北，丙寅大……	
合集	28180	(2) 王其又于滴，在又石叀，又雨。／(3) 即川叀，又雨。／(4) 王其平戍轟盂，又雨，吉／(5) 叀万轟盂田，又雨，吉	

出處	編號	釋文
合集	30054+30318【《甲拼三》678】	（1）才兔●北●，又大雨。 （2）即右宗夒，又雨。 （3）……牛……●此，又大雨。
合集	33958	丁丑卜，在●，今日雨。允雨。
合集	34054	（1）庚寅卜，在宗，夕雨。 （2）〔王〕寅卜，辛卯雨。
合集	36552	（1）乙巳卜，在陶，貞：衣，茲□遘〔大雨〕。 （2）其遘大雨。
合集	36618	戊辰卜，在魯，今日不雨。
合集	36630	□未卜，在●，貞：王步于□，不遘〔雨〕。
合集	37536	（1）戊戌卜，在滴，今日不征雨。
合集	37646	戊辰卜，在●，貞：王田淴，不遘大雨。茲●。
合集	41866（《英藏》2567）	（2）壬申卜，在盉，今日不雨。 （3）其雨。茲●。 （4）□寅卜，貞：〔今〕日戊王〔田〕夒，不遘大雨。
花東	10	（2）乙未卜，在●，丙〔不雨〕。子●〔註1〕曰：不其雨。●。 （3）其雨。不用。

〔註1〕姚萱將「子●」釐定為「子●」，●讀做占。參見姚萱：《殷墟花園莊東地甲骨卜辭的初步研究》（北京：線裝書局，2006年）

標示範圍或地點的雨 2.1.4-4

花東	103	（1）丁卯卜，雨不至于夕。 （2）丁卯卜，雨其至于夕。子凰曰：其至，亡翌戊，用。 （3）己巳卜，雨不征。 （4）己巳卜，雨不征。子凰曰：其征冬日，用。 （5）己巳卜，在执，其雨。子凰曰：其雨亡司，夕雨，用。 （6）己巳卜，在执，其雨。子凰曰：今夕其雨，若，己雨，其于翌庚亡司，用。

（四）在……雨

著 錄	編號／【綴合】／（重見）	卜 辭	備註
		弜至……宰，在……喪，其征〔雨〕。	
合集	30161	（1）□□卜，在書……雨。	
合集	36636	（1）戊戌〔卜〕，貞：今〔日不雨〕。	
合集	38140	（2）其雨。 （3）□□〔卜〕，在□，貞：今〕日不〔雨〕。〔兹〕IP。	

（五）其他

著錄	編號／【綴合】／（重見）	卜辭	備註
合集	33273+41660（《合補》10639，部份 重見合集34707）【《綴彙》4】	（5）戊辰卜，及今夕雨。 （6）弗及今夕雨。 （7）癸酉卜，又夋于六云、五彤卯五羊。 （9）夋于岳，亡从在雨。 （11）癸酉卜，又夋于六云、六彤卯六羊。 （15）隹其雨。 （18）庚午，夋于岳，又从在雨。 （20）今日雨。	（7）其中一「于」字為 衍文。

伍、描述方向性的雨

一、東、南、西、北——雨

（一）東——雨

著　錄	編號／【綴合】／（重見）	備　　註	卜　　辭
合集	11959		（1）乙卯不其雨。 （2）……東戈，从雨。
合集	12870甲		（1）癸卯卜，今日雨。 （2）其自東來雨。 （3）其自西來雨。 （4）其自北來雨。
合集	20944+20985（《合補》6810）		（1）……今日雨。九月。 （5）……旬……各云自東……〔雨〕，軍。
合集	20963		乙丑卜，之夕雨自東。
合集	20964+21310+21025+20986【《綴彙》165】		（1）癸卯卜，貞：旬。四月乙巳觌雨。 （3）癸丑卜，貞：旬。五月庚申寐人雨自西。幼既。 （4）辛亥羽雨自東，小…… ……
合集	20966		（1）癸酉卜，王〔貞〕：旬。四日丙子雨自北。丁雨，二日陰， 庚辰……一月。 （2）癸巳卜，王，旬。四日丙申昃雨自東，小采既，丁酉少， 至東雨，允。二月。 （3）癸丑卜，王，貞，旬。八〔日〕庚申寐人雨自西小，幼既， 五月。 （7）□□〔卜〕，王……告……比……〔雨〕……小。

合集	21013	（2）丙子隹大風．允雨自北．以風。戊雨不雨．隹戊雨。戊黃不雨。庚戌雨陰。卜（符）日：征雨〔小〕采日〔雨〕．庚戌雨陰征．□月。 （3）丁未卜．翌日戊雨．小采雨．東。
合集	21021 部份+21316+21321+21016 【《綴彙》776】	（1）癸未卜．貞：旬．甲申人定雨……雨……十二月。 （4）癸卯貞．旬．□大（風）自北。 （5）癸丑卜．貞：旬．甲寅大食雨自北。乙卯小食大啟。丙辰中日大雨自南。 （6）癸亥卜．貞：旬．一月。戾雨自東．九日辛未大采．各云自北．雷征．大風自西刜云．率〔雨〕．母蜀日……二月。 （8）癸巳卜．貞：旬．之日巳．羌女老．征雨小。二月。 （9）……大采日．各云自北．雷．茲雨不征。隹綖…… （10）癸亥卜．貞：旬．乙丑夕雨．丁卯明雨……采日雨。〔風〕．己明啟。三月。
合集	21025	九日辛亥旦大雨自東．小……〔虹〕西。
合集	30173	（1）甲子卜．其奉雨于東方。 （3）庚午卜．其奉雨于山。 （7）㸤．燮．雨。茲用
合集	30175	（1）癸巳其希雨于東。 （2）于南方希雨。
合集	28911+31950 【《綴彙》411】	（2）……用……王迺□東日雨。

（二）雨

著錄	編號／【綴合】／（重見）	備　註	卜　辭
合集	12724		（1）貞：不亦雨。 （2）貞：其亦雨。 （3）貞：㞢來自南。
合集	12870 乙		其自南來雨。
合集	12871（《合補》3852 正、《東大》1020 正）		〔其〕自南〔來〕雨。
合集	21021 部份 +21316+21321+21016【《綴彙》776】		（1）癸未卜，貞：旬：甲申人定雨……雨……十二月。 （4）癸卯貞，旬。□大〔風〕自北。 （5）癸丑卜，貞：旬。甲寅大食雨自北。乙卯小食大啟。丙辰中日大雨自南。 （6）癸亥卜，貞：旬。一月。昃雨自東。九日辛丑大采，各云自北，雷征，大風自西刜云，率〔雨〕。母䏁日……月。 （8）癸巳卜，貞：旬。之日巳，羌女老，征雨小。二月。 （9）……大采日，各云自北，雷，茲雨不征，隹錄…… （10）癸亥卜，貞：旬。乙丑夕雨。丁卯明雨……采日雨。〔風〕。己明啟。三月。
合集	30175		（1）癸巳其䄟雨于東。 （2）于南方䄟雨。
合集	30459		（1）□□卜，其妍，桒雨于南……眾……亡雨。大吉　用 （2）……〔烄〕，又大雨。

（三）西—雨

著錄	編號／【綴合】／（重見）	備註	卜辭
合集	6798		（3）……西……〔雨〕。
合集	11497 反		（2）九月甲寅彫，不雨。乙巳夕皿異于西。
合集	12870 甲		（1）癸卯卜，今日雨。（2）其自東來雨。（3）其自西來雨。（4）其自北來雨。
合集	12872		（1）业來雨自西。
合集	12873 正		自西不雨。
合集	12874		□□卜，匄雨……西。
合集	12875		（2）□□卜，爭〔貞〕……雨自北西……
合集	20964+21310+21025+20986【《綴彙》165】		（1）癸卯卜，貞：旬。四月乙巳膝雨。（3）癸丑卜，貞：旬。五月庚申躲人雨雨自西。㞢既。（4）辛亥雨雨自東。小……
合集	20965		丁酉卜，今二日雨。余曰：戊雨。昃允雨自西。
合集	20966		（1）癸酉卜，王〔貞〕：旬。四日丙子雨自北。丁雨，二日陰，庚辰……一月。（2）癸巳卜，王，旬。四日丙申昃雨自東，小采既，丁酉少，至東雨，允。二月。（3）癸丑卜，王，貞：旬。八〔日〕庚申躲人雨雨自西小，㞢既，五月。（7）□□〔卜〕，王……告……比……〔雨〕……小。

著錄	編號／【綴合】／（重見）	卜辭
合集	21021 部份+21316+21321+21016 【《綴彙》776】	（1）癸未卜，貞：旬。甲申人定雨……十三月。 （4）癸卯貞，旬。□大〔風〕自北。 （5）癸丑卜，貞：旬。甲寅大食雨自北。乙卯小食大啟。丙辰中日大雨自南。 （6）癸亥卜，貞：旬。一月。辰雨自東。九日辛丑大采……各云自北，大風自西刜云，率〔雨〕，母鷸日……一月。 （8）癸巳卜，貞：旬。之日巳，羌女老，征雨小。二月。 （9）……大采日，各云自北，雷，風，茲雨不征，隹蜍…… （10）癸亥卜，貞。旬。乙丑夕雨，丁卯明雨……采日雨。〔風〕。己明啟。三月。

（四）北──雨

著錄	編號／【綴合】／（重見）	備註	卜辭
合集	2936+17002+17922+《乙》3782+《乙》3786+《乙補》3441+《乙補》3451 【《醉》86】		（4）……從北，雨。
合集	8789		……北……征〔雨〕。
合集	12870甲		（1）癸卯卜，今日雨。 （2）其自東來雨。 （3）其自西來雨。 （4）其自北來雨。
合集	12875		（2）□□卜，乎〔追〕……雨自北西……
合集	20421		（2）戊申卜，今日方征不。辰雨自北。

合集	20957	（1）于辛雨，庚㘁雨。辛阼。 （2）己亥卜，庚子又雨，其㘁允雨。 （3）……㫼日大阼，㘁亦雨自北。丙寅大……
合集	20962	癸亥，貞：旬甲子方又祝，才邑南。乙丑闌，㘁雨自北。丙寅大雨……
合集	20966	（1）癸酉卜，王〔貞〕：旬。四日丙子雨自北。丁雨。二日陰，庚辰……一月。 （2）癸巳卜，王，旬。四日丙申㘁雨雨自東。小采既。丁酉少，至東雨，允。二月。 （3）癸丑卜，王，貞：旬。八〔日〕庚申㝢人雨雨自西小，㘁既，五月。 （7）□□〔卜〕，王……告……比……〔雨〕……小。
合集	20967	（1）甲子卜，乙丑雨，㘁雨自北小。 （2）甲子卜，翌丙雨，乙丑㘁雨自北小。
合集	20968	丙戌卜……日彭来……牛……㘁用……北往……雨，之夕……亦雨。二月。
合集	20969	（1）余曰：于三日雨。己未允雨。自北。 （2）……雨。
合集	21013	（2）丙子隹大風，允雨自北。以風。隹戊。戊寅不雨。曰：征雨，〔小〕采㱿，夸日陰，不〔雨〕。庚戌雨陰征。□月。 （3）丁未卜，翌日㘁雨，小采雨，東。

著錄	編號／【綴合】／（重見）	卜　辭
合集	21021 部份+21316+21321+21016 【《綴彙》776】	（1）癸未卜，貞：旬。甲申人定雨……雨……十二月。 （4）癸卯貞，旬。□大〔風〕自北。 （5）癸丑卜，貞，旬。甲寅大食雨自北。乙卯小食大啟。丙辰中日大雨自南。 （6）癸亥卜，貞，旬。一月。庚辰雨自東。九日辛丑大采，各云自北，大風自西翦云。率〔雨〕。母蕭日……一月。 （8）癸巳卜，貞，旬。乙酉巳，羌女老，征雨小。二月。 （9）……大采日，各云自北，雷，風，兹雨不征，隹蜍…… （10）癸亥卜，貞，旬。乙丑夕雨，丁卯明雨……采日雨。〔風〕。己明啟。三月。
合集	30054+30318 【《甲拼三》678】	（1）才兔◎北，又大雨。 （2）即右宗燮，又雨。 （3）……牛……此，又大雨。
合集	38231	……鄉……于夔……北宗，不〔遘〕大雨。

二、各雨／疋雨

著錄	編號／【綴合】／（重見）	卜　辭	備　註
合集	24756	辛巳〔卜〕，即，貞：今日又疋雨。	
合集	24757	癸酉卜，□，貞：壬焞，亡疋雨。	
合集	33918	（2）□□卜，貞：辰又疋雨。	

陸、與祭祀相關的雨

一、雩——雨

（一）雩‧雨

著錄	編號／【綴合】／（重見）	備註	卜　辭
合集	11962		（2）……隹雩，不其雨。
合集	21078		（1）乙丑卜，丙寅奉山，雩，雨。
合集	28180		（2）王其又于滴，才石雩，又雨。 （3）即川雩，又雨。 （4）王其乎戉霾盂，又雨。吉 （5）叀万霾盂田，又雨。吉
合集	28249+30780【《醉》276】		（4）……改……雩，又雨。
合集	32501+35200+《合補》10626+《綴三》183+《合補》10626【《醉》247、《綴彙》5】		（2）……昜〔日〕…… （3）……又歲大甲卅牢，昜日。茲用。不昜日。叀雨。 （4）不昜日。 （5）庚戌，辛亥又歲祖辛廿牢又五，昜日。茲用。允昜日。 （6）不昜日。 （7）癸丑，甲寅又歲羹甲三牢，羌甲廿牢又七，昜日。茲用。 （8）不昜日。 （9）〔甲寅〕乙卯〔又歲〕祖乙□〔牢，昜〕日。茲用。 （10）不昜日。 （11）……卜，□□〔又歲〕廿牢，昜日。茲用。

著錄	編號／[綴合]／（重見）	備註	卜辭
合集	33836		（12）不易日。 （13）己未卜，庚申又歲南庚十年又三，易日。兹□。
合集	34223（《合補》13408）		（4）庚子卜，又，雨。 （5）庚子卜，雨。
合集	12843 反		（1）彭□又歲，雨。
屯南	1700		（1）己亥卜，我又，出雨。 （2）己亥卜，我又，亡其雨。 ……〔又雨〕……
屯南	2149		（1）丁亥卜，庚卯〔雨〕。才京□。 （2）戊子卜，又，雨…… （6）其雨。
屯南	3567		（2）丁卯，貞：重〔羔〕于河，又，雨。 （3）弜羔，雨。

（二）又……雨

著錄	編號／[綴合]／（重見）	備註	卜辭
合集	12020		（1）……彭……又昪……日雨。 （2）〔巳〕……〔雨〕。
合集	12853		（1）壬午卜，于河幸雨，又……
合集	15651		（1）乙……又……雨。
合補	3863		……又于……雨。
合補	3868（《懷特》234）		……又……出足雨。
屯南	0202		其又于……牛，雨。

（三）夒・祭祀對象・雨

著錄	編號／【綴合】／（重見）	備註	卜　辭
合集	1140 正		(2) 戊申卜，㱿，貞：方帝，夒于土，叀𤔲，雨。 (6) 貞：召河，夒于蚰，出雨。
合集	14393 反		(1) ……夒土，不其介雨。
合集	14446		……夕夒〔于〕岳〔雨〕。
合集	21083		(1) 夒云，不雨。 (2) 不雨。
合集	22048		(1) 乙亥卜，夒于土，雨。 (3) 壬辰卜，雨。
合集	28108		(3) 其又夒亳土，又雨。
合集	28628（《歷博》195）		(1) 方夒，叀庚酚，又大雨，大吉 (2) 叀辛酚，又大雨。吉 (3) 翌日辛，王其省田，扎入，不雨。茲用　吉 (4) 夕入，不雨。 (5) □日，入省田，湄日不雨。
合集	30171		(2) 至來辛，已大雨。 (3) 秋夒其方，又大雨。
合集	30409	「河」字漏刻「水」旁	(1) 甲子卜，夒河、岳，从雨。
合集	30457		(1) 壬午卜，桒雨夒罘。
合集	33233 正		(1) □□，貞：其罘秋，來辛卯酚。 (2) 貞：其罘夒十山，雨。

合集	33272		（3）壬申卜，賁于戠，雨。
合集	33273+41660（《合補》10639）【《綴彙》4】	（7）其中一「于」字為衍文。	（5）戊辰卜，及今夕雨。 （6）弗及今夕雨。 （7）癸酉卜，又賁于于六云，五豕卯五羊。 （9）賁于岳，亡从才雨。 （11）癸酉卜，又賁于六云，六豕卯六羊。 （15）隹其雨。 （18）庚午，賁于岳，又从才雨。 （20）今日雨。
合集	33331		（2）甲辰卜，乙巳其賁于岳大牢，小雨……
合集	33747 正		（1）己巳卜，雨。允雨。 （2）己巳卜，辛雨。 （3）己巳卜，壬雨。 （4）己巳卜，癸雨。 （5）己巳卜，庚雨。 （6）庚不雨。用 （7）己巳卜，辛雨。 （8）丙子卜，丁雨。 （9）丙子卜，丁不雨。 （10）丙子卜，戊雨。 （11）丙子卜，賁[illegible]，雨。 （12）丙子卜，烄[illegible]，雨。 （13）丙子卜，弜烄，雨。 （14）丙子卜，烄目，雨。

合集	34198（《合集》34197部份）	(1) 己酉，貞：辛亥其叀于岳，雨。 (2) 己酉，貞：辛亥其叀于岳一牢，卯一牛，雨。
		(15) 丙子卜，丁雨。 (16) 戊寅卜，雨。 (17) 戊寅卜，己雨。 (18) 庚辰卜，雨。 (19) 庚辰卜，辛雨。 (20) 庚辰卜，壬雨。 (25) 甲申卜，丙雨。 (26) 甲申卜，丁雨。 (27) 乙酉卜，丙戌雨。 (28) 丁亥卜，戊雨，允雨。 (30) 己丑卜，亥、庚雨。
合集	34199	(1) 丙寅卜，其叀于岳，雨。 (2) 不雨。 (3) ……山，雨。
合集	34200	(1) 辛〔丑〕，貞：〔尋〕叀于河，〔雨〕。 (2) 辛丑，貞：尋叀于岳，雨。
合集	34203	(1) 取岳，雨。 (2) 叀岳，雨。
合集	34204	(2) 叀己叀豕于岳，雨。 (3) 于辛叀，雨。
合集	34205	(1) 己卯卜，叀岳，雨。 (2) 癸未，叀十山烄，雨。

著錄	編號	卜辭
合集	34205+34861 【《綴彙》66】	(1) 己卯卜，彤梵焚岳，雨。 (3) 癸未卜，焚，雨。
合集	34208	(5) 岳焚，〔不〕冓〔雨〕。
合集	34213	(2) 岳焚，不冓雨。 (3) 其雨。 (4) 其雨。
合集	34221	(2) 甲申卜，先彫岳焚，雨。茲用
合集	34275	(2) 于𪥏，父焚，雨。 (3) □戌卜，焚于〔𪥏〕，雨。
合集	34279	(4) 丙子卜，焚烄，雨。 (5) □□卜……雨。 (7) 丙子卜，焚土，雨。
合集	34163	(4) 己未卜，貞：庚申彫焚于……宜大牢，雨。
合集	41411 (《英藏》2366)	(2) 𡚾焚于㸤，亡雨。 (3) 叀閑焚彫，又雨。 (4) 其焚于䍙，又大雨。 (5) 𡚾焚，亡雨。 (6) 弜習用唐彫，又雨。
屯南	0665	(4) 辛巳，貞：雨不既，〔其〕焚于㝵。 (6) 辛巳，貞：雨不既，〔其〕焚于㝵宅土。 (8) 其雨。
屯南	0770	(2) 焚于云，雨。 (3) 不雨。

著錄	編號	備註	卜　　辭
屯南	1105		（5）辛巳，貞：雨不既，其燎于毫土。 （7）辛巳，貞：雨不既，其燎于毫土。不用
屯南	1120		（5）甲戌卜，燎于姚宰，雨。
屯南	4324	歷組（父乙類）	叀夐燎先彭，雨。
村中南	282		（1）丁酉卜：[丙]□燎目，[燎]雨？ （2）丁酉□：[燎邑]，□□（雨）？
村中南	299		（1）戊午卜，燎目燎雨？ （2）己……燎……

（四）燎‧犧牲‧雨

著錄	編號／[綴合]／（重見）	備　註	卜　　辭
合集	12948 正		（1）□子卜，[殼]，貞：王令……河，沈三牛、燎三牛、卯五牛。王固曰：丁其雨。九日丁酉允雨。
合集	27499		（1）高妣燎叀牢，又大雨。 （2）叀牛，此又大雨。
合集	30411		（1）□酉卜，王其譬岳叀大□豚十，又大雨。大吉
合集	32329 正		（2）上甲不冓雨，大乙不冓雨，大丁冓雨。兹用 （3）庚申，貞：今來甲子彭，王大神于大甲，燎六小宰，卯九牛，不冓雨。
合集	32358		□□卜，其燎于上甲三羊，卯牛三，雨。
合集	33001		（2）……其燎雨于馘，燎九牢。
合集	34198（《合集》34197 部份）		（1）己酉，貞：辛亥其燎于岳，雨。 （2）己酉，貞：辛亥其燎于岳一牢，卯一牛，雨。

著錄	編號	卜辭	備註
合集	34204	(2)東己尞禾于岳，雨。 (3)于辛尞，雨。	
合集	34284	(1)甲辰，乙雨。 (2)乙巳卜，尞十禾，雨。	
屯南	1062	(2)丙寅，貞：又于妣庚小宰，卯牛一。茲用。不雨。 (8)戊辰[卜]，及今夕雨。 (9)弗及今夕雨。	
屯南	4400	(2)癸丑卜，甲寅又宅土，尞牢，雨。 (4)[乙]卯卜，其歸……又雨。 (5)乙卯其燎目，雨。 (6)己未卜，今日雨，至于夕雨。	

二、彭．雨

（一）彭．雨

著錄	編號／[綴合]／（重見）	卜辭	備註
合集	896正	丁未卜，爭，[貞：來]甲黄彭[大]甲十伐出五，卯十宰。八日甲寅黄不彭，雨。	
合集	903正	(3)乙卯卜，㱿，貞：來乙亥彭下乙十伐出五，卯十宰。二旬出一日乙亥不彭，雨，五月。	
合集	11497正	(3)丙申卜，㱿，貞：來乙巳彭下乙。王固曰：彭，隹出希，其出異。乙巳彭，明雨，伐既，雨，咸伐，亦雨，改卯鳥，晴。	
合集	11497反	(2)九月甲黄彭，不雨。乙巳夕出異于丙。	

合集	11499 正	(2) ……〔彭〕、明雨、伐〔既〕、雨、咸伐、亦〔雨〕、改卯鳥、大啟、易。
合集	12816	(1) 乙亥不〔彭雨〕。
合集	12681	(1) 〔庚〕午卜，貞：〔翌〕辛未□其彭、㞢从雨。
合集	28252	(2) 貞：即于又宗、又雨。 (3) 其㞢年夒、叀□彭、又大雨。
合集	28265	(2) 其㞢年于㣦、叀今日彭、又雨。
合集	28628（《歷博》195）	(1) 方㚆、叀庚彭、又大雨。大吉 (2) 叀辛彭、又大雨。吉 (3) 翌日辛、王其省田、艮入、不雨。玆用　吉 (4) 夕入、不雨。 (5) □日、入省田、湄日不雨。
合集	29988+29989（《合補》9524）	(1) 叀甲彭又雨。 (2) 叀辛彭、又雨。　吉
合集	30022+30866【《綴彙》448】	(1) 奉雨、叀黑羊、用、又大雨。 (2) 叀白羊、又大雨。 (3) 叀乙、又大雨。 (4) 叀丙彭、又大雨。 (5) 〔叀〕丁彭、□大雨。
合集	30038	(2) 于壬彭、又大雨。 (3) 于癸彭、又雨。
合集	30039	(1) 于翌日戊彭、又大雨。

來源	編號	內容
合集	30046	（1）又三羊，大雨。 （2）……于又日酓，又大雨。
合集	30397	（2）桒方，叀癸酓，又雨。
合集	30415	（1）于岳桒年，又〔雨〕，大吉 （2）其桒年河眔岳酓，又大雨。 （4）其桒岳，又大雨。 （5）弜酘，即宗，又大雨。
合集	30826	貞：叀乙卯酓，又大雨。
合集	30841	（2）叀今夕酓，又雨。 （3）叀癸酓，又雨。
合集	30846	（1）至甲雨。 （2）夕酓，又雨。 （3）……雨。
合集	30863	（1）叀甲酓，又雨。 （2）〔又〕雨。
合集	30866	（1）叀□酓，〔又〕大雨。 （2）叀丙酓，又大雨。 （3）〔叀〕甲酓，〔又〕大雨。
合集	30872	（2）……己未酓，又雨。
合集	30886	……酓，又大〔雨〕。
合集	30889	酓，又大雨。
合集	30890	……辛酓，又雨。
合集	30891	叀□酓，〔又〕雨。

來源	編號	辭例
合集	30899	……又……眔彭，小〔雨〕。
合集	30904	……〔方〕彭，又雨。
合集	31148	車甲盟，乙彭，又雨。
合集	33950	(1) 車乙彭，雨。
合集	34503	□巳，貞：今夕□，乙亥彭，雨。
合集	34533	(2) 庚申，貞：今來甲子彭，王不冓雨。
合集	36981	(1) ……來甲示王，車翌日壬子彭，又大雨。 (2) ……〔來〕年示王，車……牛用，又大雨。
合集	41408	彭至壬，又大雨。
合集	41411（《英藏》2366）	(2) 弜袞于闆，亡雨。 (3) 車闆袞彭，又雨。 (4) 其袞于弜，又大雨。 (5) 弜袞，亡雨。 (6) 霝泗門彥彭，又雨。
合集	41413	(1) 車……彭……大雨。 (2) 車辛巳彭，此又大雨。
合補	3880	……〔彭〕，雨。
合補	9528（《天理》514）	(1) 癸弜彭亡雨。 (2) ……彭又雨。
屯南	2261	(1) 甲弜彭，亡雨。 (2) 于乙彭，又雨。 (3) 乙弜彭，亡雨。

著錄	編號／[綴合]／(重見)	卜　　辭	備　註
屯南	2562	(4) ……翌日戊……彭，又大〔雨〕。	
屯南	3137	(1) 叀□〔彭〕，又〔大〕雨。 (2) 叀甲彭，又大雨。 (3) 叀□彭，又〔大〕雨。	
屯南	4450	(1) 叀辛卯彭，又大雨。 (2) 叀辛丑彭，又雨。	
村中南	003	(2) 叀庚彭雨。 (3) 叀辛彭雨。 (4) 叀壬彭雨。	

（二）彭‧祭名‧雨

著錄	編號／[綴合]／(重見)	卜　　辭	備　註
合集	1972	……彭□于丁，不冓雨。	
合集	7897+14591【《契》195】	(1) 癸亥卜，爭，貞：翌辛王其彭河，不雨。 (3) 乙亥〔卜〕，〔爭〕，貞：其〔彭〕，醫……〔至〕于旬，才甫魚。雨。……十一月。才甫魚。 (4) 貞：今日其雨。十一月。才甫魚。	
合集	11484 正+《乙》3349+《乙》3879【《契》382】	(1) □丑卜，殼，貞：翌乙□彭委晕于祖乙．王固曰：出希……不冓雨．六日□午夕，月出食，乙未彭，多工率晕昷……。	
合集	12572	(1) ……彭桒于河，不冓雨……五月。	
合集	12937	(2) ……翌其彭于〔祖〕……之日允雨。	
合集	20968	丙戌卜……日彭桒……牛……叀用……北往……雨．之夕……亦雨．二月。	
合集	22751	(2) 甲子……王卜曰：翌乙业其彭翌于唐，不雨。	

著錄	編號	卜辭
合集	29992	其彭方，今夕又雨。吉 茲用
合集	30298	（1）于帝臣，又雨。 （2）于岳宗彭，又雨。 （3）于夒宗彭，又雨。
合集	30319	（1）貞：王其彭彭夐于又宗，又大雨。 （2）其桼火門，又大雨。
合集	30449	（4）貞……彭王亥，又冓雨。大吉 （5）貞：其冓雨。
合集	33948	（1）癸未，貞：其……桼〔雨〕。 （2）癸未，貞：〔其庚彭〕桼雨。
合集	33951	……彭桼，不雨。
合集	33952	……彭桼，雨。
合集	34163	（4）己未卜，貞：庚申彭夐于……宜大牢，雨。
合集	34223（《合補》13408）	（1）彭□夐，雨。
合集	34526	乙卯卜，來丁卯酚品，不雨。
合集	34570	丁丑，〔彭〕婁，□雨。
合集	41526（《英藏》2366）	（2）甲辰，貞：彭匚□雨。
屯南	0622	……辛卯其龥彭，又大雨。
合補	10617（《懷特》1604）	（1）乙丑卜，彭桼于福乙，冓雨。 （2）不雨。
屯南	3114	（1）……征彭祖乙……不雨。 （2）……甲申……雨。

（三）雨……彭．祭名

著錄	編號／[綴合]／（重見）	備註	卜辭
合集	2140		(3) ……雨，彭父……
合集	13216反		(1) □未……雨，中日戊……彭□既陟……盘雷。 (2) □〔夕〕其雨。
合集	13043		……雨……彭彭其……姚己……
合集	33946		戊午，貞：桒雨〔于〕高〔且〕，重甲彭……

（四）彭……雨

著錄	編號／[綴合]／（重見）	備註	卜辭
合集	11484正+《乙》3349+《乙》3879【《契》382】		(1) □丑卜，爭，貞：翌乙□彭彖虽于祖乙。王固曰：虫希……不其雨。六日□午夕，月虫食，乙未彭，多工率昏曾……
合集	11498正		(3) 丙申卜，殼，貞：[來]乙巳彭下乙。王固曰：彭，隹虫希，其虫來艱。乙巳彭明雨，伐既，雨，咸伐，亦雨，改鳥，晴。
合集	33834		(1) 甲申卜，彭……雨……雨。 (2) 戊子卜，允雨。 (3) 至辛卯雨。
合集	12020		(1) ……彭……奠再……日雨。 (2) ……〔巳〕……〔雨〕。
合集	13028		甲……雨……不彭。
合集	13387		(1) ……彭……雨。 (2) 貞：茲云其雨。

著錄	編號	備註	卜辭
合集	13399 正		己亥卜，永，貞：翌庚子彭……王固曰：茲隹雨卜之〔夕〕雨，庚子彭三斷云，蠶〔其〕……既祉，戊。
合集	13459 反		……隹雨不吉。〔乙〕巳彭，陰……不雨……其……
合集	15757		（1）貞：彭……〔雨〕。
合集	25955		癸未卜，出，貞：彭□田，业□雨。之日……
合集	30444		（4）更登，零彭……雨。
合集	32329 正		（2）上甲不冓雨，大乙不冓雨，大丁冓雨。茲用。 （3）庚申，貞：今來甲子彭，王大种于大甲，复六十小牢，卯九牛，不冓雨。
合集	41413		（1）更……彭……大雨。 （2）更辛巳彭，此又大雨。
合補	3865		……于庚子彭……雨。
屯南	3941		（2）……彭……雨。
村中南	238		（6）戊子卜：其彭、汕墜、竈以爵衾？茲用。允雨。

（五）先彭·雨

著錄	編號／【綴合】／（重見）	備註	卜辭
合集	28267		（1）……河先彭、又雨。吉 （3）其每、桒年上甲、亡雨。 （4）……〔桒年〕上甲、又〔雨〕。
合集	28275		（1）其桒年祖丁、先彭、又雨。吉 （2）……年……宗……彭、〔又〕大雨。
合集	34221		（2）甲申卜、先彭岳燎、雨。茲用
合集	34222		（1）更岳先彭、雨。

著錄	編號／【綴合】／（重見）	卜　辭	備　註
屯南	651＋671＋689【《綴彙》358】	（2）叀三羊用，又雨。大吉 （3）叀小牢，又雨。吉 （4）叀岳先酚五云，酚彫五云，又雨。大吉	
屯南	2359	（1）丁亥卜，其桒年于大宗，即日，此又雨。吉 （3）其桒年□祖丁先彫，[又]雨。吉 （4）叀大乙先彫，又雨。	
屯南	4324	叀夒夒先彫，雨。	

三、桒—雨

（一）桒‧雨

著錄	編號／【綴合】／（重見）	卜　辭	備　註
合集	12854	□□卜，[貞]……桒雨……河。	
合集	12857	……三牢……桒雨。□月。	
合集	12858 正	壬寅卜，[貞]：桒雨。	
合集	19574	（3）貞：叀雨桒。	
合集	21082	庚戌……示桒[雨]……	
合集	30459	（1）□□卜，其姘，桒雨于南……眔……亡雨。大吉　用 （2）……[焚]，又大雨。	
合集	31319＋31303＋31327（《合補》9990）	（6）癸亥、□、鼉桒雨今日。二日……	
合集	33948	（1）癸未，貞：其……桒[雨]。 （2）癸未，貞：[其庚彫]桒雨。	
合集	33949	（2）……桒雨、焚……羊𠂤。	

著錄	編號／[綴合]／（重見）	備註	卜辭
合集	34112（《合補》3489）		（2）□卯卜……桒雨……九示。
合集	34214		（2）壬申，貞：其桒雨……十，一羊。 （3）癸酉卜，其取岳，雨。 （4）甲戌卜，其桒雨于伊頭。 （5）……即雨。
合集	33951		……彭桒，不雨。
合集	33952		……彭桒，雨。
合集	19564+《懷特》922（《合補》3488）		（4）貞：叀雨桒。
合集	31303+31319+31327（《合補》9990）		（11）癸亥□……桒雨□。
合集	34112（《合補》3489）		（2）□卯卜……桒雨……九示。
合補	3490		貞：桒雨。
合補	3491		于……桒雨。
屯南	0932		（2）戊午，貞：桒雨。 （3）戊午，貞，貞：桒雨。
村中南	201		□申卜：桒雨……
村中南	251		（2）辛巳卜：桒雨？不。

（二）桒・祭名・雨

著錄	編號／[綴合]／（重見）	備註	卜辭
合集	63正		（5）貞：翌辛卯虫桒桒雨夏，昇雨。
合集	672正+1403（《合補》100正）+7176+15453+《乙》2462【《綴彙》541】		（27）〔桒雨〕于上甲……牛。 （28）桒雨于上甲羊。
合集	12853		（1）壬午卜，于河桒雨，虔……

合集	12855（《合補》3487、《天理》15）	（1）□午卜，方帝三豕出犬，卯于土宰，桒雨。三月。 （2）庚午卜，桒雨于岳。 （3）……雨……
合集	12856	□□卜，桒雨〔于〕岳。
合集	12859	（1）丁丑卜，桒于燮，雨。
合集	12860	丙寅卜，王……螽桒雨，〔妣〕……
合集	12861（《合補》3485）	乙卯卜，殼，貞：桒雨〔于〕上甲宰……
合集	13515（《乙》8935）＋《史購》46正 【張宇衛：〈賓組甲骨綴合十八則〉】 （註1）	（1）甲子卜，貞：盖牧〔再？〕冊，宰（？）平取出屯？ （2）己酉卜，貞：勾郭于丁，不？二月。 （3）癸丑卜，貞貞：于隹郭？ （4）癸丑卜，貞貞：勾郭于丁？ （5）貞：于丁一宰二 （6）……豈弗[字]，出禍？五月。（註2） （7）貞：尋求雨于……一 （8）□卯卜，貞貞：出于祖……
合集	20398	（2）戊寅卜，于癸舞，雨不。 （3）辛巳卜，取岳、比雨。不比。三月。 （4）乙酉卜，于丙桒岳，比。用。不雨。 （7）乙未卜，其雨丁不。四月。 （8）以未卜，翌丁下其雨，允不。 （10）辛丑卜，桒燮，比，甲辰陷，雨小。四月。

（註1）張宇衛：〈賓組甲骨綴合十八則〉，《東華漢學》第16期（花蓮：東華大學中國語文學系，2012年12月），頁1～30。

（註2）此字陳劍釋作「遭」，可從。參氏著〈釋造〉，《甲骨金文考釋論集》（北京：線裝書局，2007），頁127～176。

與祭祀相關的雨 2．1．6－18

合集	20975	（2）壬午卜，杧，燎山、𤔲吉，雨。 （3）己丑卜，舞羊，今夕从雨，于庚雨。 （4）己丑卜，舞〔羊〕，庚从雨，允雨。
合集	28945+29139（《合補》9018）	（1）□子，貞：燎雨受禾。
合集	30457	（1）壬午卜，燎雨夒哭。
合集	32301	（3）己丑卜，今日雨。 （12）壬燎雨于土。 （13）已雨。
合集	32344	（3）癸卯卜，燎雨于兮。 （4）于上甲燎雨。
合集	32345	（1）于上甲燎雨。
合集	32385+35277（《合補》10436）	（3）□□〔卜〕，燎雨自上甲、大乙、大丁、大甲、大庚…… （4）□申，雨，自入大。
合集	33001	（2）……其燎雨于夒，叀九牢。
合集	33946	戊午，貞：燎雨〔于〕高，叀甲彫……
合集	33947	□亥卜，燎雨〔于〕京。
合集	34196	辛未卜，于岳燎雨。
合集	34214	（2）壬申，貞：其燎雨……十，一羊。 （3）癸酉卜，其取岳，雨。 （4）甲戌卜，其燎雨于伊頭。 （5）……即雨。
合集	34270	□未卜，其燎雨于𤔲。
合集	34271	戊申，貞：叀雨燎雨于𤔲。

合集	34282	于〓〓雨。
合集	39554（《英藏》1757）	乙丑卜，于大乙〓雨。十二月。
合集	30131	(2) 万其〓，不遘大雨。 (3) 其遘大雨。
合集	32297+34280【《醉》291】	(2) 戊申貞：叀雨〓于〓〓。 (3) 戊申卜，其〓永女，雨。
合集	33303（《旅順》1834）	(1) 庚午卜，其〓禾于〓，其〓〓。 (2) 庚午，貞：于大示〓禾，雨。 (5) [巳] 卯卜，[于] 岳〓雨。
合集	33320	(2) 甲辰卜，乙巳其〓于岳大〓，小雨……
合集	33331	辛未卜，[〓] 于土，雨。
合集	33959	(1) ……彭〓于河，不〓雨……五月。 ……用茲命……我〓〓方……从雨。
合集	12572	(1) □ [酉] 卜，今 [日] 勿〓，[亡] 其雨。
合集	12684	(1) 乙〓〓戉戚，其雨。 (2) 于丁亥〓戚，不雨。 (3) 丁〓〓戚，其 [雨]。
合集	12825	
合集	31036	
合集	31061	(1) ……其〓〓，又 [大] 雨。吉
合集	34214	(2) 壬申，貞：其〓雨……十、一羊。 (3) 癸酉卜，其取岳，雨。 (4) 甲戌卜，其〓雨于伊〓。 (5) ……即雨。

合集	27656+27658（《合補》9518）		(2) 弜于示桒，亡〔雨〕。 (3) 于伊尹桒，乙大雨。 (4) 弜桒于伊尹，亡雨。
合集	30319		(1) 貞：王其酚夏于又宗，又大雨。 (2) 其桒火門，又大雨。
合集	30391		(2) 王又歲于帝五臣，正，隹亡雨。 (3) ……桒，又于帝五臣，又大雨。
合集	30397		(2) 桒方，重癸酚，又雨。
合補	28259+30255（《合補》9578）		(1) 其雨。 (4) 桒年于河，又雨。 (5) ……雨。
合集	32341+《庫》1049（《合補》9557）	遙綴	(2) □□卜，桒雨自上甲。
合補	3484（《天理》7）		(1) 貞：勿于河桒雨。
合補	9556（《懷特》1420）		其桒雨河，受……
合補	10617（《懷特》1604）		(1) 乙丑卜，酚桒于祖乙，專雨。 (2) 不雨。
屯南	578+1384【《契》325】		(1) ……其桒禾于河，其……雨。
屯南	2282		(1) 丁卯卜，今日雨。 (2) 丁卯卜，取岳，雨。 (6) 己卯卜，于 立岳，雨。 (8) 己卯卜，桒雨于□亥。 (9) 己卯卜，桒雨于□，不 (10) 己卯卜，桒雨于上甲。不

出處	編號	卜辭
		（11）庚辰卜……岳，雨。 （12）〔辛〕巳〔卜〕，桒，不雨。 （13）丁亥卜，戊子雨。〔允〕雨。 （14）丁亥卜，庚雨。 （15）□□卜……雨。 （16）癸丑卜，桒雨于□。 （18）□□卜，□雨。
屯南	2584	（2）……〔岳〕，雨。 （3）壬申，貞：其桒雨于示壬羊一。 （4）癸酉卜，卯雨。
屯南	3083	（1）□□，貞：其桒禾于示壬羊，雨。 （2）戊戌，貞：其桒禾于示□〔羊，雨〕。 （6）壬寅，貞：其取岳，雨。
屯南	3567	（2）丁卯，貞：叀〔桒〕于河，熯，雨。 （3）弜桒，雨。
屯南	4513+4518	（2）戊寅卜，于癸舞，雨不。三月。 （4）乙酉卜，于丙桒岳，从。用。不雨。 （5）乙未卜，其雨丁不。四月。 （6）乙未卜，翌丁不其雨，允不。 （10）辛丑卜，桒燮，从。甲辰陷，小雨。四月。
村中南	169	（1）于雨…… （2）丁酉卜，其桒雨于〔十小山〕，重豚三？
村中南	213	（2）于河桒雨，桒三羊，沈五牛。

著錄	編號／【綴合】／（重見）	備 註	卜 辭
村中南	282		(1) 丁酉卜：〔丙〕□橐目，〔橐〕雨？ (2) 丁酉□：〔橐日〕，□〔雨〕？
村中南	299		(1) 戊午卜，橐目橐雨？ (2) 己……橐……

（三）橐・犧牲・雨

著 錄	編號／【綴合】／（重見）	備 註	卜 辭
合集	672 正+1403（《合補》100）+7176+15453+《乙》2462【《綴彙》541】		(21) 橐雨于上甲。羊。
合集	30022+30866【《綴彙》448】		(1) 橐雨，叀黑羊，用，又大雨。 (2) 叀白羊，又大雨。 (3) 叀乙，又大雨。 (4) 叀丙彭，又大雨。 (5) 〔叀〕丁彭，□大雨。
合集	34214		(2) 壬申，貞：其橐雨……十，一羊。 (3) 癸酉卜，其取岳，雨。 (4) 甲戌卜，其橐雨于伊奭。 (5) ……即雨。
屯南	2584		(2) ……〔岳〕，雨。 (3) 壬申，貞：其橐雨于示壬一羊。 (4) 癸酉卜，卯雨。
屯南	3083		(1) □□，貞：其橐禾于示壬羊，雨。 (2) 戊戌，貞：其橐禾于示壬□〔羊、雨〕。 (3) 壬寅，貞：其取岳，雨。

村中南	169	(1) 于雨……
村中南	213	(2) 丁酉卜：其桼雨于〔十小山〕，叀豚三？ (2) 于河桼雨，桼三羊，沈五牛？

（四）桼……雨

著錄	編號／【綴合】／（重見）	卜　辭	備　註
合集	30032	(1) 叀庚申桼，又正，又大雨。 (2) 叀各桼，又正，又大雨。大吉 (3) 叀珝桼，又大雨。吉 (4) 叀商桼，又正，又大雨。	
合集	30065	……叀桼……雨，才盂零，又大雨。	
合集	32342	(1) □□卜，桼自……雨。兹用 (2) ……雨。	
屯南	3171	(1) □□，貞……桼……不用。雨。	

（五）桼年‧雨

著錄	編號／【綴合】／（重見）	卜　辭	備　註
合集	22346	己〔巳〕，其桼年于河，雨。	
合集	28252	(2) 貞：即于又宗，又雨。 (3) 其桼年叀戠，叀□彭，又大雨。	
合集	28253	□桼年□戠，又雨。	
合集	28255	其桼年于岳，兹又大雨。吉	

合集	28258	(1) 其桒年于河，此又雨。 (2) 于岳桒年，此雨。
合集	28259+30255（《合補》9578）	(1) 其雨。 (4) 桒年于河，又雨。 (5) ……雨。
合集	28265	(2) 其桒年于娥，重今日彭，又雨。
合集	28266	□卜，其桒年于示靣，又大〔雨〕。大吉
合集	28267	(1) ……河先彭，又雨。吉 (3) 其每，桒年上甲，亡雨。 (4) ……〔桒年〕上甲，又〔雨〕。
合集	28275	(1) 其桒年祖丁，先彭，又雨。吉 (2) ……宗……彭，〔又〕大雨。
合集	28282	(2) 桒年，此又大〔雨〕。
合集	28293	……桒年……又大雨。
合集	28294	(1) 于靣桒年，又雨。
合集	28295	……桒年，又大雨。
合集	28296	(2) 其祝桒年，又大雨。 (3) 〔亡〕雨。
合集	30415	(1) 于岳桒年，又〔雨〕。大吉 (2) 其桒年于河涼岳，彭，又大雨。 (4) 其殼岳，又大雨。 (5) 弜殼，即宗，又大雨。
合集	36981	(1) ……桒年于示壬、重翌日壬子彭、又大雨。 (2) ……〔桒〕年于示壬、重……牛用、又大雨。

著錄	編號／[綴合]／（重見）	備註	卜　辭
合集	28259+30255（《合補》9578）		（1）其雨。 （4）姦年于河，又雨。 （5）……雨。
屯南	0673	（2）「又」字有重文號「=」	（2）十牛，王受又，又大雨。大吉 （3）其姦年河，沈，王受又，大雨。吉 （4）弜沈，王受又，大雨。
屯南	2359		（1）丁亥卜，其姦年于大示，即日，此又雨。吉 （3）其姦年□祖丁先彭，[又]雨。吉 （4）重大乙先彭，又雨。
屯南	4579		（1）其姦年，□雨，叀豚。吉

（六）姦舞‧雨

著錄	編號／[綴合]／（重見）	備註	卜　辭
合集	12818		（1）丙辰卜，貞：今日姦舞，业从雨。 （2）……雨。
合集	12819		（1）庚寅卜，辛卯姦舞，雨。 （2）□辰姦[舞]，雨。 （3）庚寅卜，癸巳姦舞，雨。 （4）庚寅卜，甲午姦舞，雨。
合集	12820		（1）辛未卜，貞：自今至乙亥雨。一月。 （2）乙未卜，今夕姦舞，业从雨。
合集	12822		□□卜，姦舞，[雨]。
合集	12823		……姦舞，雨。允……
合集	12824		貞：重姦[舞]，雨。

著錄	編號	卜　辭
合集	12826	……〔桼〕舞，雨。允口。
合集	12827	(2)〔乙〕卯卜，不其〔雨〕。(3)丙辰卜，今日桼舞，业从〔雨〕。不舞。
合集	12828	(1)戊申卜，今日桼舞，业从雨。
合集	12978	乙〔巳卜〕，今日桼舞，允从雨。
合集	14755 正	(3)貞：翌丁卯桼舞，业雨。(4)翌丁卯勿，亡其雨。(9)貞：业从雨。

四、侑——雨

（一）侑·雨

著錄	編號／〔綴合〕／（重見）	卜　辭	備　註
合集	20962	癸亥，貞：旬甲子方又祝，才邑南。乙丑圍，□雨自北，丙寅大……寅大……	
合集	22274	(1)又兄丁二牢，不雨。用，祉。(8)貞：王亡㞢卒祉雨。	
合集	22577	(2)□□〔卜〕，㞢，〔貞〕……雨，其……我人……又㞢。	
合集	28108	(3)其又㞢土，又雨。	
合集	28180	(2)王其又子滴，才又石㚇，又雨。(3)即川㚇，又雨。(4)王其乎戍霝盂，又雨。吉 (5)叀万霝盂田，又雨。吉	
合集	28182	(2)庚午卜，其又子洹，又〔雨〕。	

合集	28252	(2) 貞：即于文宗，又雨。 (3) 其桒年戛戉，鱼□彭，又大雨。
合集	30046	(1) 又三羊，大雨。 (2) ……于又日彭，又大雨。
合集	30456	其歔又于小山，又大雨。
合集	31283	……又夢，隹王又歲于〔示〕希，亡大雨。
合集	32057+33526【《甲拼》195】	(5) 乙巳貞：王又歲于〔子〕父丁三牟，羌十又五。若茲卜雨。
合集	32141	(1) □巳……雨。 (2) 其雨。 (3) 癸亥，貞：又夕歲于上甲，轟雨。
合集	32323	甲申，又夕歲上甲，又雨。
合集	32327	(2) 又丁子上甲，不轟雨。 (3) 其雨。
合集	32396+34106+《合補》10669【《綴彙》1】	(1) 又歲于□王，不雨。 (2) 其雨。 (3) 不雨。
合集	32462	丙申卜，又歲于大丁，不轟〔雨〕。
合集	32470	(1) 癸亥又歲大甲，雨。 (2) 其雨。
合集	32501 左半+《合補》10626+《掇三》183+32501 右半（《合補》10659）+35200【《醉》247、《綴彙》5】	(3) □□，□□又歲大甲卅牟，易日。茲用。不易日，叀雨。

合集	33273+41660+《合補》10639【《綴彙》4】	（7）其中一「于」字為衍文。	（5）戊辰卜，及今夕雨。 （6）弗及今夕雨。 （7）癸酉卜，又夐于六云，五于卯五羊。 （9）夐于岳，巳从才雨。 （11）癸酉卜，又夐于六云，六于卯六羊。 （15）隹其雨。 （18）庚午，夐于岳，又从才雨。 （20）今日雨。
合集	33308		（2）丙辰卜，丁巳又歲于大丁，不雨。 （3）其雨。兹雨。
合集	34248+《存補》4.23+《蘇德美》《日》20【《綴彙》11】		（1）丙午卜，丁未又歲，不雨。 （2）其雨。
合集	34248+《續》4.23【《合補》10638】		（1）丙午卜，丁未又歲，不雨〕 （2）其雨。
合集	4154（《英藏》2428）		（3）丙囗，貞：又ⷬ兄于河其〔雨〕。 （4）不雨。
屯南	0761		（1）乙卯，貞：又歲于祖乙，不雨。
屯南	1062		（2）丙寅，貞：又于夐小率，卯牛一。兹用。不雨。 （8）戊辰〔卜〕，及今夕雨。 （9）弗及今夕雨。
屯南	4286		（2）乙酉卜，又歲于祖乙，不雨。
屯南	4400		（2）癸丑卜，甲寅又宅土，夐牢，雨。 （4）〔乙〕卯卜，其歸，又雨……又雨。 （5）乙卯其雨晚目，雨。 （6）己未卜，今日雨，至于夕雨。

五、𡙇—雨

（一）𡙇‧雨

著錄	編號／[綴合]／(重見)	備註	卜辭
合集	1137+15674《《合補》3799》【《甲拼》32】		(1) 貞：弓𡙇，亡其从雨。 (3) 貞：𡙇，出从雨。 (4) 貞：𡙇雨，出从雨。
合集	12852		(2) 壬申卜，㱿，貞：雞……𡙇，亡其雨。 (5)〔壬〕子卜，〔貞〕：爭，𡙇：自今至丙辰，帝□雨。〔壬〕……
合集	15675		甲子卜，貞：𡙇，出从雨。
合集	29990		(1) 叀庚𡙇，又〔雨〕。 (2) 其作龍于凡田，又雨。 (3) ……雨。吉
合集	29993		今日〔𡙇〕，又雨。
合集	30170		又𡙇，亡大雨。
合集	30459		(1) □□卜，其妍，桒雨于南……眾……亡雨。大吉 用 (2) ……〔𡙇〕，又大雨。
合集	30789		……其𡙇，此又〔雨〕。 (2) 其𡙇，此又雨。
合集	32300		
合集	32289		(1) 戊辰〔卜〕，𡙇于雷，雨。 (2) 弜𡙇，雨。 (4) 戊辰卜，𡙇𡙇，雨。 (12) 辛雨。 (13) ……雨。 (14) 弜𡙇，雨。

合集	33317		（4）壬辰卜，其煑雨。
合集	34483		（2）戊戌卜，煑，雨。
			（3）不雨。
			（4）于舟煑，雨。
			（5）于乩煑，雨。
合集	34484		（2）羽煑，雨。
合集	34485		（1）乙卯卜，今日煑，从雨。
			（2）于巳未雨。
合集	34487		（1）乙亥卜，煑，雨。
合集	34488		（1）壬辰，煑，〔雨〕。
			（2）煑，雨。
合集	34492		（1）……于丙煑，雨。
			（2）……于壬煑，雨。
屯南	0087		（1）甲戌卜，煑，雨。
			（2）甲戌卜，今日雨，不雨。
			（3）甲戌□，今日〔雨〕。
屯南	0148		（1）羽煑，雨。
			（2）庚寅卜，彷岳，雨。
			（3）庚寅卜，彷岳，雨。
			（4）辛卯卜，煑蝨，雨。
			（5）辛卯卜，□□日壬辰煑蝨，雨。
村中南	360	歷組（父乙類）	（2）辛丑卜：叀壬煑，雨？
			（3）辛丑卜：叀癸煑，雨？
			（4）乙巳卜：受禾。

（二）夒……雨

著錄	編號／〔綴合〕／（重見）	備註	卜辭
合集	1133		丙……夒……[symbol]……雨。
合集	30795		……夒……〔雨〕。
合集	33949		(2)……桒雨，夒……羊[symbol]。
屯南	0827		(2)……〔岳〕……〔夒〕……雨。
屯南	3586		丁未卜，夒……母庚，又从〔雨〕。三月。

（三）夒·姪·雨

著錄	編號／〔綴合〕／（重見）	備註	卜辭
合集	1121正		(1)貞：夒姪，出雨。 (2)勹夒妍，亡其雨。
合集	1122+《乙補》963【《醉》229】		勹隹姪〔夒〕，亡其雨。
合集	1123+《上博》2426·798【《甲拼續》592】		(1)甲申卜，㝹，貞：夒姪，出从〔雨〕。 (2)貞：勹夒姪，亡〔其〕从〔雨〕。
合集	1124		(1)勹隹姪〔夒〕，亡雨。
合集	12842正		(1)貞：夒，出雨。 (2)勹夒，亡其雨。 (2)勹隹夒，亡其雨。
合集	12851+無號甲+《乙補》4640【《契》249】		(1)于又邑桒，又雨。吉。
合集	30174		(2)叀戊夒，又雨。

（四）夒·妣·雨

著錄	編號／【綴合】／（重見）	備註	卜　辭
合集	1121 正		（1）貞：夒蟀，出雨。 （2）弓夒妣，亡其雨。
合集	1130 甲		弓夒妣，亡其雨。
合集	1130 乙		叀夒妣，出雨。
合集	1131 正		（1）貞：〔叀〕夒妣，出从雨。
合集	1132		叀妣夒，出〔雨〕。
合集	9177 正		（1）貞：今丙戌夒妣，出从雨。 （2）貞：夒妣，亡其从雨。

（五）夒·聞·雨

著錄	編號／【綴合】／（重見）	備註	卜　辭
合集	1136		（1）貞：出〔从〕雨。 （2）貞：夒聞，出从雨。
合集	1137+15674（《合補》3799）【《甲拼》32】		（1）貞：弓夒，亡其从雨。 （2）貞：夒，出从雨。 （3）貞：夒聞，出从雨。 （4）貞：夒聞，出从雨。

（六）夒‧辰‧雨

著錄	編號／【綴合】／（重見）	備註	卜　辭
合集	30169		（1）又大雨。吉 （2）其夒辰女，又雨。大吉 （3）弜夒，亡雨。吉
合集	30172		□□卜，其夒叀女，又大雨。大吉
合集	32297+34280【《辭》291】		（2）戊申貞：叀雨祭于稷。 （3）戊申卜，其夒辰女，雨。
合集	32298		（1）戊申卜，其夒辰女。 （2）弜夒，雨。

（七）夒‧姘‧雨

著錄	編號／【綴合】／（重見）	備註	卜　辭
村中南	350		（1）己酉卜：夒姘。二月。庚用。之夕雨。 （2）叀翌庚夒姘。之夕雨。 （3）庚戌卜：戠勿夒。二告。用。 （4）丙辰卜：雨？今日……。

（八）夒‧嫜‧雨

著錄	編號／【綴合】／（重見）	備註	卜　辭
合集	32299		（2）甲申，貞：夒嫜，雨。

（九）叜・祭名・雨

著錄	編號／【綴合】／（重見）	備註	卜　　辭
合集	1138		（1）甲子卜，叀壴爵京，从雨。
合集	30167		（1）于……叜，〔雨〕。 （2）于夫叜，雨。 （3）于漳叜，雨。
合集	30790+《安明》1834（《合補9554》）		（1）于河叜，雨。 （2）其叜高，又雨。
合集	30791		
合集	32289		（1）戊辰〔卜〕，叜于畲，雨。 （2）弜叜，雨。 （4）戊辰卜，叜奻夏，雨。 （12）辛雨。 （13）……雨。 （14）弜叜，雨。
合集	32290		（1）壬辰卜，叜叏，雨。 （2）壬辰卜，叜宓，雨。 （4）不雨。
合集	32291		（1）乙亥，貞：叜出于豪，雨。
合集	32294		（1）乙未……于兒叜盉，雨。 （2）丙申卜，叜于勺羊，雨。
合集	32295		（1）……叜凡于兒，雨。
合集	34205+34861【《綴彙》66】		（1）己卯卜，叜叜岳，雨。

著錄		卜辭
合集	34483	（3）癸未卜，娈，雨。 （2）戊戌卜，娈，雨。 （3）不雨。 （4）于舟娈，雨。 （5）于羽娈，雨。
屯南	148	（1）弜娈，雨。 （2）庚寅卜，令岳，雨。 （3）庚寅卜，令岳，雨。 （4）辛卯卜，娈虫，雨。 （5）辛卯卜，□□日壬辰娈虫，雨。
屯南	2616	（2）于□夜，雨。 （3）于乂娈，雨。

（十）娈·犧牲·雨

著錄	編號／【綴合】／（重見）	備註	卜辭
屯南	3244		癸……娈牢，雨。

六、叙——雨

（一）叙·雨

著錄	編號／【綴合】／（重見）	備註	卜辭
合集	12869 正甲		勿叙，不其雨。
合集	12869 正乙		貞：平叙，雨。
合集	25254		□卯卜，即，〔貞〕：王萑叙，不雨。三月。

著錄	編號	卜辭	備註
合集	27254	(1) 弜叙，又雨。 (2) 其綱祖辛伎，又雨。 (4) 其綱祖辛伎，叀豚，又雨。 (6) 其綱祖甲伎，又雨。	
合集	38152	□□〔卜〕，貞：今日既叙日，王其嵩……雨，不雨。囚。	
屯南	2254	(1) 王寅卜，王其叙叐于盂田，又雨，受年。 (2) ……叙……又雨。 (3) ……今隹，王平每卯，叀之又用，又雨。 (4) ……卯，又雨。	

七、舞——雨

（一）舞·雨

著錄	編號／【綴合】／（重見）	卜辭	備註
合集	1106 正（《乙》6479 綴合位置錯誤）+12063 正+《乙補》5337+《乙補》5719【《醉》198】	(2) 貞：今乙卯不其雨。 (3) 貞：今乙卯允其雨。 (4) 貞：今乙卯不其雨。 (5) 貞：自今旬雨。 (6) 貞：今日其雨。 (7) 今日不〔雨〕。	
合集	1106 反（《乙》6480 綴合位置錯誤）+12063 反+《乙》6048+《乙補》5720【《醉》198】	(2) 王〔固曰〕：其雨。 (3) 〔王〕〔固曰〕……雨小，于丙□多。 (4) 乙卯舞出雨。	
合集	5455	(7) 貞：舞出雨。	

合集	5456	(7) 貞：舞出雨。
合集	7531	(4) 舞，〔雨〕。
合集	7690+《存補》《甲骨續存補編》4.1.1【《甲拼》140】	(2) 貞：舞，出雨。 (3) 貞：舞，亡其雨。
合集	11960	(1) 乙卯卜，不其雨。 (2) ……舞雨。
合集	12518	(1) 貞：叀……雨〔舞〕……二月。
合集	12818	(1) 丙辰卜，貞：今日桒舞，出从雨。 (2) ……雨。
合集	12819	(1) 庚寅卜，辛卯桒舞，雨。 (2) □辰桒〔舞〕，雨。 (3) 庚寅卜，癸巳桒舞，雨。 (4) 庚寅卜，甲午桒舞，雨。
合集	12820	(1) 辛未卜，貞：自今至乙亥雨。一月。 (2) 乙未卜，今夕桒舞，出从雨。
合集	12822	□□卜，桒舞，〔雨〕。
合集	12823	……桒舞，雨。允……
合集	12824	貞：叀桒〔舞〕，雨。
合集	12826	……〔桒〕舞，雨，允□。
合集	12827	(2) 〔乙〕卯卜，不其〔雨〕。 (3) 丙辰卜，今日桒舞，出从〔雨〕。不舞。
合集	12828	(1) 戊申卜，今日桒舞，出从雨。

類別	編號	內容
合集	12829	戊申……舞，今□出从雨。
合集	12830反	乙未卜，〔貞〕：舞，今夕〔出〕从雨不。
合集	12831正	(1) 辛巳卜，〔貞〕：旁，貞：平舞，出从雨。 (2) 貞：平舞，出从雨。
合集	12831正+《乙補》6457【《醉》47】	(1) 辛巳卜，旁，貞：平舞，出从雨。 (2) 貞：平舞，出从雨。
合集	12831反+《乙補》1912+《乙補》6458【《醉》47】	(1) 王固曰：吉。其出从（雨）之…… (2) 之夕雨。
合集	12832	□申卜，□，貞：舞，〔出〕从雨。
合集	12833	茲舞，出从雨。
合集	12834（《旅順》415）	……河，舞……从雨。
合集	12835	(1) 舞，出雨。
合集	12836反	(3) □□〔卜〕，〔殼〕貞：舞，出雨。
合集	12837	(1) 舞。出雨。 (2) 其雨。
合集	12838	(1) 貞：舞，□雨。
合集	12839	……舞……雨，庸……
合集	12841正甲+正乙+《乙補》3387+《乙補》3376【《醉》123】	(1) ……舞，出从雨。 (2) 貞：弓舞，亡其从雨。
合集	12852	(2) 壬申卜，殼，貞：舞……焱，亡其雨。 (5) 〔壬〕子卜，爭，〔貞〕：自今至丙辰，帝□雨。〔壬〕……
合集	12978	乙〔巳卜〕，今日桒舞，允从雨。

合集	12980	（1）其雨。 （2）貞：舞，允从雨。
合集	14115+14116【《甲拼》44】	（1）壬申卜，多留舞，不其从雨。
合集	14197 正	（3）貞：弓舞河，亡其雨。
合集	14207 正	（3）貞：舞岳，出雨。 （4）貞：岳，亡其雨。
合集	14209 正	（6）貞：我舞，雨。
合集	14210 正	（6）貞：我舞，雨。
合集	14755 正	（3）貞：翌丁卯桒舞，出雨。 （4）翌丁卯弓，亡其雨。 （9）貞：出从雨。
合集	16013	（1）癸卯卜，㘝，貞：平多〔老舞〕……王固曰：其出雨。甲辰……丙午亦雨。多……
合集	20398	（2）戊寅卜，于癸舞，雨不。 （3）辛巳卜，取岳，比雨。不比。三月。 （4）乙酉卜，于丙桒岳，比，用，不雨。 （7）乙未卜，其雨丁不。四月。 （8）以未卜，翌丁不其雨，允。 （10）辛丑卜，桒燮，比，甲辰陷，雨小，四月。
合集	20971	庚午卜，貞：平征舞，从雨。
合集	20972	［55］舞，今日不其雨，允不。
合集	20973+20460【《甲拼續》337】	（1）丙子卜，今日雨舞。

來源	編號	釋文
合集	20974	（1）己酉卜……兩〔兩〕，各云，〔不〕雨。 （2）丙戌卜，于戊雨。 （3）丙戌卜，□？舞？，雨，不雨。 （4）丁亥卜，舞？，今夕雨。
合集	20975	（2）壬午卜，木，桼山，？肯，雨。 （3）己丑卜，舞羊，今夕从雨，于庚雨。 （4）己丑卜，舞〔羊〕，庚从雨，允雨。
合集	20978	丙□〔卜〕，壬，舞羊……雨。
合集	20979	（2）……王舞允雨。
合集	28180	（2）王其又于滴，才又石矞，又雨。 （3）即川㝵，又雨。 （4）王其㠯戉霥盂，又雨，吉。 （5）叀万霥盂田，又雨，吉。
合集	29984＋《合補》9429【《甲拼》232】	（1）其霥于？，〔又雨〕。 （2）于楚，又雨。 （3）于盂，又雨。 （4）不雨。
合集	30028	（3）叀万乎舞，又大雨。 （4）叀戉乎舞，又大〔雨〕。
合集	30029	〔叀〕乎舞，亡大雨。
合集	30030（《蘇德美日》《德》87）	其乎舞，□大雨。
合集	30031（《合集》41606）	（2）今日乙霥，亡雨。 （3）其霥虔，又大雨。

合集	30041		(4) 于夒，又大雨。 (5) ……大雨。
合集	30044		于翌日丙舞，又大雨。吉　吉
合集	31005		(1) 虘〔舞〕二田：喪、盂、又大雨。 (2) ……舞……大〔雨〕。
合集	31199		(2) 舞岳，雨。
合集	33844+33954【《甲拼》196】		(1) 翌日庚其束乃舞，邲，至來庚又大雨。 (2) 翌日庚其束乃舞，邲，至來庚亡大雨。 (3) 來庚剢束乃舞，亡大雨。
合集	33880		(1) 甲子卜，乙丑雨。 (2) 壬戌卜，癸亥奏舞雨。 (3) 壬申卜，癸酉雨。玆用。 (4) 庚申雨。 (5) 不雨。 (6) 癸未卜，今日雨至□。 (7) 丙戌卜，丁雨。
合集	33955		(2) 癸巳卜，今日雨。允〔雨〕。 (3) 癸巳卜，甲午雨。 (4) 甲午卜，弜舞，雨。
合集	33956		(1) 癸亥卜，舞，雨。 (2) 不雨。
合集	33957		(2) 舞，雨。 舞，雨。

合集	34137		（4）〔乙〕亥，〔貞〕：叀□伐……舞，雨。
合集	34224		（2）舞岳，雨。
合集	34295		（1）□□卜，今日□舞河㟜岳，〔又〕从雨。
合集	40429（《英藏》996）	（3）（4）（5）辭塗朱	（2）乎舞，亡雨。 （3）乎舞，㞢雨。 （4）乎舞，亡雨。 （5）乎舞，㞢雨。
合補	3858正		□□〔卜〕……舞，雨。
屯南	0108		（2）其方又雨。 （3）其鼆于竘，又雨。 （4）其鼆于㒳京，又雨。 （5）丁卯卜，叀今日方，又雨。 （6）……日……又雨。
屯南	2502		（1）……〔舞〕……雨…… （2）丁酉卜，戊雨。 （3）己雨。 （4）戊戌卜，不雨。
屯南	2906+3080【《綴彙》359】		（1）己亥，貞：其取岳舞，允雨。 （2）乙亥，貞：叀岳㞢……雨。
屯南	3443		□□，貞：其左……舞□，雨。
屯南	3770		（1）癸亥卜……舞，雨。
屯南	4513+4518		（2）戊寅卜，于癸舞，雨不。三月。 （4）乙酉卜，于丙桼岳，从。用。不雨。

著錄	編號	卜　　　　辭
北大	1519	(5) 乙未卜，其雨丁不。四月。 (6) 乙未卜，翌丁不其雨。允不。 (10) 辛丑卜，桒爰，从。甲辰陷，小雨。四月。
北大	1562	貞：叀雨舞。二月。
村中南	315	……舞雨。
英藏	00998	(1) 己卯卜：舞雨。
英藏	01149	□申〔卜〕……戊舞，其雨。 (4) 舞河，从雨。

八、寧—雨

(一)「寧・雨」

著錄	編號／[綴合]／(重見)	卜　　　　辭	備　註
合集	13040	(1) 貞：勿寧雨。	
合集	14482	〔癸酉〕卜，貞：寧雨〔于〕岳、夒……	
合集	29840	貞：叀寧不雨。	
合集	30187	(1) 乙亥卜，寧雨，若。	
合集	32992	(1)〔丁〕丑，貞：其寧雨于方。	
合集	33137	(2) 戊申卜，寧雨。	
合集	34088	(3) 己未卜，寧雨于土。	
合集	41107（《英藏》1077）	……寧雨。才七月。	
懷特	1608	……寧雨。	

著錄	編號／【綴合】／（重見）	卜辭	備註
屯南	900+1053【《綴彙》176】	（1）……上甲耏雨……允阩。 （2）丁未，貞：弜耏雨上甲更……	
合補	3900 正	……耏……雨。	

（二）弜耏‧雨

著錄	編號／【綴合】／（重見）	卜辭	備註
屯南	900+1053【《綴彙》176】	（1）……上甲耏雨……允阩。 （2）丁未，貞：弜耏雨上甲更……	

九、宜——雨

（一）「宜‧雨」

著錄	編號／【綴合】／（重見）	卜辭	備註
合集	12864（《旅順》417）	（1）甲子卜，㳄，貞：于岳希雨娥。二月。[註3]	填墨
合集	12515+14508 正【《甲拼》144】	□□卜，㱿，〔貞〕岳〔肇〕我雨。二月。	
合集	12651	（1）貞：其希我于……〔河〕出雨。	
合集	13225+39588【《契》191】	（3）癸酉卜，㱿，貞：翌乙亥宜于水、風、之夕雨。	
合集	13358（《蘇德美日》60）	□日亡風，之日宜，雨。	
合集	14487	（1）□□卜，㱿，貞：岳㪍（肇）我雨。[註4]	

〔註3〕 「求雨娥」讀如「求雨宜」，謂求雨雨水之祭。參見裘錫圭：〈釋"求"〉、《文集‧甲骨文卷》，原載於《古文字研究》第十五輯（北京：中華書局‧1986年）、《古文字論輯》（北京：中華書局‧1992年）、後收於裘錫圭主：《裘錫圭學術文集》（上海：復旦大學‧2012年）

〔註4〕 「㪍」字陳年福釋為「肇」字，為裂牲以祭。參見陳年福：《甲骨文詞意類纂》（上海：上海古籍出版社‧2007年），頁75。

著錄	編號	卜辭
合集	15807	……□未……延〔雨〕……尊官……〔于〕啓……
合集	16973	(2) 庚子卜，貞：希雨娥……
合集	34163	(4) 己未卜，貞：庚申彭叀于……宜大牢，雨。
合集	38178	(1) 甲辰卜，貞：翌日乙王叙，宜于拿，衣，不遘雨。 (2) 其遘雨。 (3) 辛巳卜，貞：今日不雨。
合補	3844 正	貞：來……我雨。
合補	3866 正	……我，雨……
屯南	228	(2) 乙未，貞：[隹] 又 [以] 我□雨。

十、卯——雨

（一）「卯·雨」

著錄	編號／[綴合]／（重見）	卜辭	備註
合集	30156	(1) 王不雨。卯，不雨，于癸延雨。	
合集	30033	(1) 其酚卯，又大雨。 (2) 弜酚，亡大雨。	
合集	30637+30666 【《合補》9516】	(2) 酚卯于之，又大雨。	
合集	32329 正	(2) 上甲不彝雨，大乙不彝雨，大丁彝雨。茲用 (3) 庚申，貞：今來甲子彭，王大卯于大甲，叀六十小宰，卯九牛，不彝雨。	
屯南	2254	(1) 壬寅卜，王其馭于盂田，又雨。 (2) ……叙……又雨。	

著錄	編號／【綴合】／（重見）	卜　　辭	備　註
花東	149	（3）……今往，王平每卯，叀之又用，又雨。 （4）……卯，又雨。 （6）庚戌卜，〔雨〕卯，宜，翌壬子△彭，若。用。	

十一、雹雨／霰雨

（一）雹・雨

著錄	編號／【綴合】／（重見）	卜　　辭	備　註
合集	30033	（1）其雹卯，又大雨。 （2）弜雹，亡大雨。	
合集	30411	（1）□酉卜，王其雹岳叀犬□眔豚十，又大雨。大吉 （2）雹卯于之，又大雨。	
合集	30637+30666【《合補》9516】		

（二）霰・雨

著錄	編號／【綴合】／（重見）	卜　　辭	備　註
屯南	4513+4518	（2）戊寅卜，于癸舞，雨不。三月。 （4）乙酉卜，于丙桒岳，从。用。不雨。 （5）乙未卜，其雨丁不。四月。 （6）乙未卜，翌丁不其雨。允不。 （10）辛丑卜，桒炎，从，甲辰陷，小雨。四月。	

十二、各‧雨

（一）「各‧雨」

著錄	編號／【綴合】／（重見）	備註	卜辭
合集	12356		貞：翌乙巳……屮各雨。
合集	24398		（3）甲寅卜，王曰：貞：王其步自內，又各自雨。才四〔月〕。 （4）貞：不其各。
合集	30177		亡各自雨。
合集	30178		□申卜，其各雨，于秋重利。
屯南	0679		甲申卜，各雨于河。吉
屯南	2838		（2）翌日乙，大夾祖丁，又各自雨，啟。
屯南	3760		亡各其雨。

十三、祭牲—雨

（一）牢‧雨

著錄	編號／【綴合】／（重見）	備註	卜辭
合集	672 正+1403（《合補》100 正）+7176 +15453+《乙》2462【《綴彙》541】		（27）〔秦雨〕于上甲……牛。 （28）秦雨于上甲牢。
合集	896 正		丁未卜，旁，〔貞〕：來〔甲〕甲寅彭〔大〕甲十伐屮五，卯十牢。 八日甲寅黃不彭，雨。
合集	903 正		（3）乙卯卜，設，貞：來乙亥彭下乙十伐屮五，卯十牢。二 旬屮一日乙亥彭，雨。五月。

合集	12855（《合補》3487、《天理》15）	（1）〔庚〕午卜，方帝三豕、出犬，卯于土羊、桒雨。 （2）庚午卜，桒雨于岳。 （3）不雨。
合集	29656	（1）叀羊，又雨。 （2）叀小宰，又雨。
合集	29996	（1）叀□、又〔雨〕。 （2）叀羊、又雨。 （3）叀宰、又雨。
合集	30017+30020+41608【《綴續》505】	（2）叀羊、又大雨。 （3）叀小宰、又大雨。 （4）叀牛、又大雨。 （5）□羌□大雨。
合集	30024	（1）叀羊、又大〔雨〕。 （2）〔叀〕牛、〔又〕大雨。 （3）叀小宰、又大雨。
合集	30393	（2）⋯⋯叀小宰、又大雨。 （3）禳風叀豚，又大雨。 （4）⋯⋯雨。
合集	33001	（2）⋯⋯其桒雨于娥，叀九宰。
合集	34163（《合補》10642甲、《中科院》1553）	（4）己未，貞：庚申彫叀于⋯⋯岳于宰宜十宰又大宰，雨。〔註5〕

〔註5〕（4）辭「宜」上剝落「岳十宰」，據《中科院》補正。

著錄	編號／［綴合］／（重見）	卜　辭	備　註
屯南	1062	（2）丙寅，貞：又于父彡复小宰，卯牛一。茲用。不雨。 （8）戊辰卜，及今夕雨。 （9）弗及今夕雨。	
屯南	1120	（5）甲戌卜，复于妣辛，雨。	
屯南	2107	（2）叀四小宰用，又雨。吉 （3）……〔大〕雨。 （4）叀五小宰用，又大雨。 （5）……雨。	
村中南	213	（2）于河桒雨，桒三宰，沈五牛？	

（二）年·雨

著　錄	編號／［綴合］／（重見）	卜　辭	備　註
合集	22274	（1）又兄丁二年，不雨。用。 （8）貞：王亡毕征雨。	
合集	28244	（4）叀大年，此大雨。	
合集	30343	（2）年用，又雨。	
合集	32057+33526【《甲拼》195】	（5）乙巳貞：王又夕歲〔于〕父丁三年，羌十又五，若茲卜，雨。	
合集	32501左半+《合補》10626+《掇三》183+32501右半（《合補》10659）+35200【《醉》247、《綴彙》5】	（3）□□，□□又歲大甲卅年，易日。茲用。不易日，复雨。	
合集	33331	（2）甲辰卜，乙巳其复于岳大年，小雨……	
合集	33617	……大年，雨……	

著錄	編號／【綴合】／（重見）	卜辭	備註
合集	33986	（3）于巳酉征雨。幺用 （4）乙未〔卜〕，歲祖□三十牢□。兹用。羞田歲牧，雨，不征雨。	
合集	34163	（10）乙未卜，律牧，不雨。 （11）其雨。 （4）己未卜，貞：庚申彰夐于……宜大牢，雨。	
屯南	3244	癸……夐牢，雨。	
屯南	3947	（2）□亥卜……伐五示……二牢……〔X，雨〕。	
屯南	4400	（2）癸丑卜、甲寅又壬，夐牢，雨。 （4）〔乙〕卯卜，其歸……又雨。 （5）乙卯其煑目，雨。 （6）己未卜，今日雨，至于夕雨。	

（三）牛·雨

著錄	編號／【綴合】／（重見）	卜辭	備註
合集	672正+1403（《合補》100正）+7176+15453+《乙》2462【《綴彙》541】	（27）〔菉雨〕于上甲……牛。 （28）菉雨于上甲牢。	
合集	12948正	（1）□子卜，[殻]，貞：王令……河，沈三牛，夐三牛，卯五牛。王固曰：丁其雨。九日丁酉允雨。 ……其雨，不……入云杯……□若兹牧□……叀既改牛……印大集……上ㄠ（賮）鼎利……云大爰……攺。	
合集	13404（《旅順》573）		
合集	14380	（2）己亥卜，夆，貞：王至于今水，夐于河三小牢，沈三牛，屮雨，王步。	

著錄	編號	釋文
合集	20968	丙戌卜……日酓桒……牛……昃用……北往……雨，之夕……亦雨。二月。
合集	27499	(1) 高姚叀叀羊，又大雨。 (2) 叀牛，此又大雨。
合集	29998	叀〔牛〕，又雨。
合集	30017+30020+41608【《綴續》505】	(2) 叀羊，又大雨。 (3) 叀小宰，又大雨。 (4) 叀牛，又大雨。 (5) □尭□大雨。
合集	30023	叀牛，又大雨。
合集	30024	(1) 叀羊，又又〔雨〕。 (2)〔叀〕牛，〔又〕大雨。 (3) 叀小宰，又大雨。
合集	30054+30318【《甲拼三》678】	(1) 才兔𤔲北𡿺，又大雨。 (2) 即右宗酻，又雨。 (3) ……牛……此，又大雨。
合集	30318	(1) 即右宗夏，又雨。 (2) ……牛……此又大雨。
合集	32329 正	(2) 上甲不冓雨，大乙不冓雨，大丁冓雨。兹用 (3) 庚申，貞：今秉甲子酚，王大舻于大甲，叀六小宰，卯九牛，不冓雨。
合集	32358	□□卜，其叀于上甲三羊，卯牛三，雨。
合集	34198 (部份重見《合集》34197)	(1) 己酉，貞：辛亥其叀于岳，雨。 (2) 己酉，貞：辛亥其叀于岳一宰，卯一牛，雨。

著錄	編號／[綴合]／（重見）	卜　　辭	備　　註
合集	36981	(1) ……秦年于示壬、更翌日壬子酢，又大雨。 (2) ……〔秦〕年示壬、更……牛用，又大雨。	
合集	41091（《英藏》2083）	(2) □卯卜，出，貞：今日夕出雨。于盥室牛不用。九月。	
合集	41400	(1) 更羊，又大雨。 (2) 更黃牛，又大雨。	
屯南	0202	其更于……牛，雨。	
屯南	0673	(2) 十牛，王受又，大雨。大吉 (3) 其秦年河、沈，王受又、又大雨。吉 (4) 弱沈，王受又，大雨。	
屯南	1062	(2) 丙寅，貞：又于夒小羊、卯牛一，茲用。不雨。 (8) 戊辰〔卜〕，及今夕雨。 (9) 弗及今夕雨。	
屯南	4528	(1) ……雨。 (3) ……雨……〔牛〕□又五。	

（四）羊・雨

著錄	編號／[綴合]／（重見）	卜　　辭	備　　註
合集	20950	(2) 司癸卯羊、〔其〕……今日雨，至……不雨。	
合集	20975	(2) 壬午卜，穴，秦山、昴膏，雨。 (3) 己丑卜，舞羊、今夕从雨，于庚雨。 (4) 己丑卜，舞〔羊〕、庚从雨，允雨。	
合集	20978	丙□〔卜〕，王，舞年……雨。	
合集	20980 正	(2) 丁酉卜，穴，更山羊、丂豕，雨。	此片應為反
合集	20980 反	……羊，雨。	此片應為正

著錄	編號	釋文
合集	20981	……羊，雨。
合集	27499	（1）高妣庚叀羊，又大雨。 （2）叀牛，此又大雨。
合集	29656	（1）叀羊，又雨。 （2）叀小宰，又雨。
合集	29996	（1）叀□，又〔雨〕。 （2）叀羊，又雨。 （3）叀宰，又雨。
合集	29999+31149【《甲拼》234】	（1）叀豚，又雨，亡…… （2）叀羊，又雨。
合集	30017+30020+41608【《綴續》505】	（2）叀羊，又大雨。 （3）叀小宰，又大雨。 （4）叀牛，又大雨。 （5）□宪□大雨。
合集	30022+30866【《綴彙》448】	（1）桒雨，叀黑羊、用，又大雨。 （2）叀白羊，又大雨。 （3）叀乙，又大雨。 （4）叀丙彫，又大雨。 （5）〔叀〕丁彫，□大雨。
合集	30024	（1）叀羊，又大〔雨〕。 （2）〔叀〕牛，〔又〕大雨。 （3）叀小宰，又大雨。
合集	30046	（1）又三羊，大雨。 （2）……于又日彫，又大雨。

合集	30552		(1) 弜用萑羊，亡雨。 (2) 叀白羊用，于之，又大雨。
合集	32294		(1) 乙未……于兇埶叐，雨。 (2) 丙申卜，叀于竽羊，雨。
合集	32358		□卜，其烄于上甲三羊、卯牛三，雨。
合集	33273+41660+《合補》10639【《綴彙》4】	（7）其中一「于」字為衍文。	(5) 戊辰卜，及今夕雨。 (6) 弗及今夕雨。 (7) 癸酉卜，又烄于六云、五彘卯五羊。 (9) 烄于岳，亡才雨。 (11) 癸酉卜，又烄于六云、六彘卯六羊。 (15) 隹其雨。 (18) 庚午，烄于岳，又从才雨。 (20) 今日雨。
合集	33949		(2) ……桒雨、烄……羊𠂤。
合集	34214		(2) 壬申，貞：其桒雨……十、一羊。 (3) 癸酉卜，其取岳，雨。 (4) 甲戌卜，其桒雨于伊䃼。 (5) ……即雨。
合集	41401		□萑羊，〔又〕大雨。
屯南	0651+671+689【《綴彙》358】		(1) 叀三羊用，又雨。大吉 (2) 叀小羍，又雨。吉 (3) 叀岳先酚，麺酚五云，又雨。大吉

著錄	編號	備註	卜辭
屯南	2584		(2)……〔岳〕，雨。 (3)壬申，貞：其秂雨于示于王一羊。 (4)癸酉卜，X雨。
屯南	2623		(2)弜用黃羊，亡雨。 (3)叀白羊用，于之又大雨。
屯南	3083		(1)□□，貞：其秂禾于示于王羊，雨。 (2)戊戌，貞：其秂禾于示于□〔羊，雨〕。 (6)壬寅，貞：其取岳，雨。
屯南	3654		(1)〔一羊〕，雨。 (2)二羊，〔雨〕。

（五）秂·雨

著錄	編號／〔綴合〕／（重見）	備　註	卜　　辭
合集	12855（《合補》3487、《天理》15）		(1)〔庚〕午卜，方帝三秂、出犬、卯于土羊、秂雨。 (2)庚午卜，秂雨于岳。 (3)不雨。
合集	20911		來己雨、秂。
合集	20980正（此片應為反）		(2)丁酉卜，秂，复山羊、ㄅ秂、雨。
合集	33273+41660+《合補》10639【《綴集》4】	(7)其中一「于」字為衍文。	(5)戊辰卜，及今夕雨。 (6)弗及今夕雨。 (7)癸酉卜，又复于示六云，五秂卯五羊。 (9)复于岳，亡从才雨。 (11)癸酉卜，又复于示六云，六秂卯六羊。

著錄	編號／[綴合]／（重見）	備　註	卜　辭
合集	34204		(15) 隹其雨。 (18) 庚午夐于岳，又从才雨。 (20) 今日雨。
合集	34284		(2) 重已夐彡于岳，雨。 (3) 于辛夐，雨。
屯南	3347		(1) 甲辰，乙雨。 (2) 乙巳卜，夐十豕，雨。 ……豕，雨。

（六）豚‧雨

著錄	編號／[綴合]／（重見）	備　註	卜　辭
合集	27254		(1) 弜叙，又雨。 (2) 其綱酓辛隹，又雨。 (4) 其綱酓辛隹，重豚，又雨。 (6) 其綱酓甲隹，又雨。
合集	29548		(1) 重豚五，又雨。 (2) [重]豚十，又雨。
合集	29549		重豚，又[雨]。
合集	29999+31149【《甲拼》】234		(1) 重豚，又雨，亡…… (2) 重羊，又雨。
合集	30393		(2) 屯入重小宰，又大雨。 (3) 牢風重豚，又大雨。 (4) ……雨。
合集	30411		(1) □酉卜，王其酓岳重犬□□豚十，又大雨。大吉

著錄	編號	卜辭
合集	31191	(1) 三豚，此雨。 (2) 叀犬一，此雨。 (3) 二犬，此雨。 (4) 三犬，此雨。
村中南	169〔註6〕	(1) 于雨…… (2) 丁酉卜：其秦雨于山，叀豚三？

（七）羌・雨

著錄	編號／〔綴合〕／（重見）	卜辭	備註
合集	30017+30020+41608【《綴續》505】	(2) 叀羊，又大雨。 (3) 叀小宰，又大雨。 (4) 叀牛，又大雨。 (5) □羌□大雨。	
合集	32057+33526【《甲拼》195】	(5) 乙巳貞：王又夘歲〔于〕父丁三牛，羌十又五。若茲卜雨。	

〔註6〕「㐭」原考釋認為是「十小山」合文，新見字，朱歧祥認為原考釋的「十」、「小」只屬骨紋，且從行款來看，「山」字與左二行的省字（粂、丁）平齊，因此此字當為「山」字。參見中國社會科學院考古研究所編著：《殷墟小屯村中村南甲骨》，頁661、朱歧祥：《釋古疑今——甲骨文、金文、陶文、簡文存疑論叢》第十六章 殷墟小屯村中村南甲骨釋文補正，頁321。

柒、與田獵相關的雨

一、田‧雨

（一）王田‧雨

著　錄	編號／【綴合】／（重見）	備　註	卜　辭
合集	28664		(1) 貞：王兇〔田〕，亡災，不雨。
合集	28667		(2) 王田，夕入不雨。
合集	28668		(2) 王叀辛田，不雨。 (3) 辛其雨。 (4) ……王……田……雨。
合集	28680		(1) 于壬王田，湄日不〔雨〕。 (2) 王叀羽田，其每，其冓大雨。
合集	29084		(6) 丁丑卜，扶，貞：其遘雨。 (7) 丁丑卜，扶，貞：王田，不遘雨。
合補	9425（《天理》443）		王叀鑽田湄日亡哉，不〔冓〕雨。

（二）王往田‧雨

著　錄	編號／【綴合】／（重見）	備　註	卜　辭
合集	10532		王戌卜，貞：王往田，〔不〕雨。
合集	10533		……王往田，不雨。
合集	13758 反		(2) 貞：王其往田，其雨。
合集	27919 反		(2) 乙未卜，王往田，不雨。

著錄	編號	釋文
合集	28593反	（1）□未卜，王往田，雨。
合集	33412（《中科院》1604）	（1）乙卯卜，王往田，不雨。
合集	33414	（1）其雨。 （2）丁未，貞：王往田，不雨。 （3）其雨。 （4）其雨。 （5）辛亥，貞：王往田，不雨。 （6）其雨。
合集	33420	（2）戊辰卜，王往〔田〕，不雨。 （3）……〔往〕田，不〔雨〕。
合集	33426	（2）〔不雨〕。
合集	33427	（2）□未卜，〔王〕往田，〔不雨〕。
合集	33431	（1）□午卜，王往田，雨。
合集	33462	（1）戊戌，貞：王往田，不雨。 （2）其雨。
合集	33462+《合補》10578【《甲拼》214】	（1）其雨。 （2）戊戌貞：王其田，不雨。 （3）其雨。
合補	3734	貞：〔王〕往田不雨。
屯南	2046	（1）其雨……今日丙至于…… （2）〔辛〕酉，貞：王往田，不雨。 （3）其雨。

著錄	編號	卜　辭	備　註
屯南	2298	（3）乙卯卜，王往田，不冓雨。 （6）□冓雨。 （11）不冓雨。	
屯南	2911+3078	（2）不雨。 （3）其雨。 （5）其尘雨。 （6）□□，貞：〔王〕往田，□雨。	
屯南	2911+3078【《醉》186】	（2）不雨。 （3）其雨。 （5）其尘雨。 （6）……貞：〔王〕往田……雨。	
屯南	3098	（2）……王往田……冓雨。	
屯南	3202	（2）〔王〕往田，不雨。	
北大	1534	王往田不雨。	
花東	244	丁卯卜，既雨，子其往于田，若。卯。	

（三）王弜往田・雨／王不往田・雨（重見）

著　錄	編號／【綴合】／（重見）	卜　辭
合集	28602	乙丑卜，王弜祉往田，其雨。
合集	28603	王不往田，雨。

（四）王弜田‧雨

著錄	編號／【綴合】／（重見）	備註	卜　辭
合集	28680		(1) 于王弜田，湄日不〔雨〕。 (2) 王弜田，其每，其冓大雨。
合集	28717		(1) 辛王弜田，其雨。 (2) □王叀田，亡大雨。

（五）王其田‧雨

著錄	編號／【綴合】／（重見）	備註	卜　辭
合集	27146		(8) 己巳卜，狄，貞：王其田，不冓雨。 (9) 己巳卜，狄，貞：王弜田，其雨。 (20) 戊寅卜，貞：王其田，不雨。
合集	27948		(1) 庚午卜，貞：翌日辛王其田，馬其先，毕，不雨。
合集	28346		(2) 乙王其田，湄日不雨。
合集	28347		(3) 王其田狩，不冓大雨。
合集	28491		乙丑卜，狄，貞：今日乙王其田，湄日亡災，不遘大雨。大吉
合集	28494		(2) 王其田，湄日亡戈，不雨。大吉
合集	28512		(1) ……王其田，湄日亡戈，不冓雨。
合集	28513（《合集》30112）+38632【《醉》277】		(3) 王其田，湄日不冓雨。 (4) 〔其〕冓雨。
合集	28514		(2) 戊王其田，湄日不冓大雨。 (3) 其冓大雨。

合集	28515	(2) ……不冓大雨。
合集	28516	壬王其田，湄日不遘大雨。
合集	28517	壬辰〔卜〕，貞：今〔日〕□〔壬其田〕，湄日不〔遘〕大〔雨〕。吉
合集	28519	翌日乙王其田，湄日亡〔戋〕，不雨。
合集	28520（《中科院》1612）	(1) 弜省，其雨。 (2) 今日壬其田，湄日不雨。 (3) 其雨。 (4) □雨。
合集	28521	壬其田，湄日不雨。
合集	28522	(1) 翌日乙王其田，湄日不〔雨〕。
合集	28523	(1) 〔王其〕田，湄日不雨。吉
合集	28533+《安明》2096【《合補》9533、《綴彙》32】	(1) 王其田，不冓雨。 (2) 其冓雨。
合集	28534	(1) 王其田，不冓雨。 (2) 其冓雨。
合集	28535	□□卜，今日戊王其田，不冓雨。茲允不〔冓雨〕。
合集	28536	(2) ……冓雨……匕，卑……弋。 (3) 戊王其田，不冓雨。
合集	28537	(1) 〔翌〕日戊王其田，不冓雨。
合集	28539	(1) 辛……允大〔雨〕。 (2) 今日辛王其田，不冓雨。 (3) 其冓雨。

合集	28541	(4) 壬子其田，雨。 (5) ……雨。
合集	28543+《英藏》2342【《甲拼》176】[註1]	(2) ……曰壬其田，至□不遘雨。 (1) 不冓小雨。 (2) 其雨。 (3) 丁巳卜，翌日戊王其田，不冓大雨。 (4) 其冓大雨。 (5) 不冓小雨。
合集	28544	(2) 壬其田，不雨。 (3) 其冓大雨。
合集	28545	今日壬其田，不遘不雨。大吉　吉
合集	29177+27809【《甲拼三》631】	(1) 丁至庚，不遘小雨。大吉 (2) 丁至庚，不遘小雨。吉　兹用。小雨。 (3) 辛王其田至壬不雨。吉 (4) 辛至壬，其遘大雨。 (5) ……兹……又大雨。
合集	28549	(2) 乙壬其田，不雨。 (3) 其雨。

〔註1〕「不冓小雨」與「其雨」對貞，辭例有些特別。無名類卜辭，H28544（「不雨」與「其冓大雨」對貞）、H28546+H30148（「不雨」與「其冓大雨」對貞）等也存在類似辭例，可參看《甲骨拼合集》頁441。參見司禮義（Paul L-M Serruys）〈商代卜辭語言研究〉（1974年），頁25～33。又見其〈關於商代卜辭語言的語法〉，《中央研究院國際漢學會議論文集・語言文字組》（1981年），頁342～346。「在一對正反對貞卜辭裡，用『其』字，而另一條則不用，用『其』的那條所說的事，一邊都是貞卜者所不願看到的。」

合集	28550	戊子卜，貞：王其田，不雨。吉
合集	28551	(1) 辛王其田，不雨。 (2) ……王其田，囗雨。
合集	28552	(1) 王其田，不雨。吉 (2) 其雨。
合集	28569	(1) 王其田掫，湄日不〔雨〕。吉 (2) 中日往囗，不雨。吉 大吉
合集	28571	王其田掫，入不雨。
合集	28572	(2) 王其田掫，入不雨。 (3) 夕入不雨。吉
合集	28574	[王] 其田掫……轟雨。
合集	29093	(1) 今日辛王其田，湄日亡災，不雨。 (2) 貞：王其省盂田，湄日不雨。 (3) ……田省……災，不〔雨〕。
合集	29263	(1) 貞：翌日[王] 其田牢，湄日不雨。 (2) 其遘大雨。 (3) 戊，王其田麂，不遘小雨。
合集	29298+29373【《契》112】	
合集	29327	(2) 翌日戊王其田，湄日不雨。 (3) 弜田，其雨。
合集	29335	(3) 翌日辛王其田，不遘雨。
合集	29685	(1) 今日乙[王] 其田，湄 [日] 不雨。大吉 (2) 其雨。吉 (3) 翌日戊其田省，又工，湄日不雨。吉

合集	29787+29799【《合補》9553】	(4) 其雨。吉 (5) 今夕不雨。吉 (6) 今夕其雨。吉 (7) □日丁□雨。
合集	29910	(1) 翌日壬王其田，雨。 (2) 不雨。 (3) 中日雨。
合集	28513（《合集》30112+28632【《醉》277】）	(1) 中日其雨。 (2) 王其省田，戈不雨。 (3) 戈其雨。吉
合集	33456	(3) 王其田，湄日不冓雨。 (4)〔其〕冓雨。
合集	33462	(1) 戊辰，王其田，至庚不冓雨。 (2) 其冓雨。吉
合集	33462+《合補》10578【《甲拼》214】	(1) 戊戌，貞：王往田，不雨。 (2) 其雨。
合集	33513	(1) 其雨。 (2) 戊戌貞：王其田，不雨。 (3) 其雨。
合集	33514	(3) 王其田，湄日不雨。 (4) 其雨。 (5) 雨。

合集	38198		（1）辛卯〔卜〕，〔貞〕：今日王其〔田〕，不遘〔雨〕。
合集	41545		（1）王其田以万，不雨。吉 （2）……以……其雨。吉
合集	41546（《英藏》2309）		（2）王其田，以万，不雨。吉 （3）……以……〔不〕其雨。吉
合集	41568		〔王〕其田㭒，不冓雨。
合補	9064（《東大》1260）		王其田湄〔日〕遘大雨。
合補	9390+《合補》9122【《甲拼續》518】		（1）□□卜，狄，〔貞：王〕其田□□日不雨。 （2）丁酉〔卜〕，〔狄〕，貞：王〔其田〕分，不遘雨。
合補	9390+9122+9835（《懷特》1347）【《甲拼三》749】		（1）□□〔卜〕，狄，〔貞：王〕其田□□日不雨。 （2）丁酉卜，狄，貞：王其田分，不遘雨。
屯南	0006+0012+1.18		（1）……今日戊王其田，不雨。吉 （2）戊不祉雨。吉
屯南	0006+0012+H1.18【《醉》74】		（1）戊午卜，今日戊王其田，不雨。吉 （2）其雨。吉 （3）〔今〕日戊，不祉雨。吉
屯南	0039		（1）不〔雨〕。 （2）不雨。 （3）其雨。 （4）翌日辛不雨。 （5）辛其雨。 （6）壬，王其田㪚，不雨。引吉 （7）壬其雨。吉 （8）……雨。茲卬。

屯南	0117	（1）王其田盂，湄日不雨。 （2）其雨。
屯南	0272	（2）翌日乙，王其省田，湄日不冓雨。 （3）其冓雨。
屯南	1306	……翌日辛，王其田，不冓〔雨〕。
屯南	2087	（2）翌日戊，〔王〕其田，湄日不冓雨。 （3）其冓雨。
屯南	2383+2381	（3）暮往夕入，不冓雨。 （4）王其省盂田，不雨。 （5）王其省盂田，暮往机入，不雨。 （6）夕入，不雨。
屯南	2383+2381【《醉》172】	（3）王其省盂田，不雨。 （4）暮往夕入，不冓雨。吉 （5）王其省盂田，暮往机入，不雨。 （6）夕入，不雨。
屯南	2608+2598+2637【《醉》212】	（3）王其田，不冓雨。 （4）其冓雨。
屯南	2966	（1）其遘大雨。 （2）不遘小雨。 （3）辛，其遘小雨。 （4）王，王其田，湄日不遘大雨。大吉 （5）王，其遘大雨。吉 （6）王，王不遘小雨。

著錄	編號		卜　辭	備　註
屯南	2970		（1）……王其田，不遘〔雨〕。 （3）……遘雨。	
屯南	4033		（1）癸酉卜，王其田徜徉雉，吏乙。〔雨〕。吉 （5）王辰卜：王其田，不冓雨？吉。 （7）茲允雨。	
村中南	237		（2）……〔王〕其田，〔湄〕日不雨？	
村中南	509		王其田执，湄日亡雨。	
英藏	02302			

（六）王迺田・雨

著錄	編號／〔綴合〕／（重見）		卜　辭	備　註
合集	28608		（2）于王迺田，湄日亡戈。不雨。	
合集	28615+29965【《綴續》463】		（2）王于王迺田，湄日不雨。 （3）其雨。	
合集	28616		……迺田，湄日不〔雨〕。吉	
合集	28617		（1）王王迺田，不雨。	
合集	28618		（2）于王迺田，不雨。 （3）王弜田，其雨。吉 （5）王不雨。	
屯南	0757		（1）辛弜田，其每，雨。 （2）于王迺田，湄日亡戈，不冓大雨。	

（七）王‧省田‧雨／王‧田省‧雨

著錄	編號／[綴合]／（重見）	備　註	卜　辭
合集	28547+28973【《甲拼》224】		(2) 不遘小雨。 (3) 翌日壬□省喪田，相遘大雨。 (4) 其暮不遘大雨。
合集	28625+29907+30137【《合補》9534、《甲拼》172】	(1)「田」字誤刻橫劃。	(1) 王其省田，不冓大雨。 (2) 不冓小雨。 (3) 其冓大雨。 (4) 其冓小雨。 (5) 今日庚湄日至昏不雨。 (6) 今日其雨。
合集	28628		(1) 方彘，叀庚彰，又大雨。大吉 (2) 叀辛彰，又大雨。吉 (3) 翌日辛，王其省田，叀入，不雨。兹用　吉 (4) 夕入，不雨。 (5) □田，入省田，湄日不雨。
合集	28633		(1) 于丁〔王〕省田，亡戈，〔不〕冓〔雨〕。 (2) 于辛省田，亡戈，不冓雨。
合集	28642		貞：王〔叀田〕省‧亡〔災〕‧□雨。
合集	28645		王叀田省，湄日亡戈，不冓大雨。
合集	28647		貞：王叀田省，湄〔日〕不雨。
合集	28979		王叀喪田省，亡災‧不雨。
合集	28985		(3) 辛王省田，湄日不雨。

合集	29003	(2) 勞㞢喪田，其雨。 (3) ……王其省田……執、入、不雨。
合集	29093	(1) 今日辛王其田，湄日亡災、不雨。 (2) 貞：王其省盂田，湄日不雨。 (3) ……田省……災、不〔雨〕。
合集	29157	(1) 辛亥卜，王其省田，叀宫，不冓雨。 (2) 叀盂田省，不冓大雨。 (3) 叀宫田省，湄日亡㞢，不冓大雨。
合集	29172	(1) 翌日戊王其省〔田〕，湄日不雨。 (2) 叀宫田省，湄日亡災、不雨。
合集	29176	(2) 王其省田，不雨。 (3) 其雨。
合集	29177+27809 【《甲拼三》631】	(1) 王王其〔省〕宫田，不雨。 (2) 勞省宫田，其雨。吉 (4) 王至喪，其雨。吉
合集	29300	(2) 王叀田省，[亡]㞢，不雨。 (3) 王歡，亡㞢，不雨。 (4) 叀鉄田，亡㞢，不雨。 (5) 叀慶田，亡㞢，不雨。
合集	29910	(1) 中日其雨。 (2) 王其省田，戾不雨。 (3) 戾其雨。吉

著錄	編號／【綴合】／（重見）	備註	卜辭
合補	13350		（5）王［叀］□田省亡戈，不冓雨。
屯南	3795		（1）王其［省］田，不［遘］雨。 （2）其遘［雨］。

（八）省田‧雨／田省‧雨

著錄	編號／【綴合】／（重見）	備註	卜辭
合集	28657		（1）貞……其雨。 （2）叀田省，雨。
合集	28658		（1）叀田省，冓大［雨］。 （2）［翌］日乙雨。
合集	28661		乙酉［卜］，貞：叀田省，雨。
合集	28990		（2）叀叀田省，不［遘］大雨。
合集	28992		（1）不遘雨。吉 （2）叀叀田省，遘雨。吉 （3）不遘雨。 （4）雨。
合集	28993		（2）弜省宮田，其雨。 （3）叀叀田省，不雨。 （4）弜省叀田，其雨。 （5）……王其［省］田□，入、亡［戈］，不冓大雨。
合集	29093		（1）今日辛王其田，湄日亡災，湄日不雨。 （2）貞：王其省盂田，湄日不雨。 （3）……田省，災，不［雨］。

來源	編號	填墨	釋文
合集	29157		（1）辛亥卜，王其省田，叀宮，不冓雨。 （2）叀盂田省，不冓大雨。 （3）叀宮田省，湄亡戈，不冓大雨。
合集	29172		（1）翌日戊王其〔田〕，湄日不雨。 （2）叀宮田省，湄日亡災，不雨。
合集	29173		（1）叀宮田省，不冓大雨。 （2）……省……雨。
合集	29177+27809【《甲拼三》631】		（1）王王其〔省〕宮田，不雨。 （2）弜省宮田，其雨。吉 （4）王至喪，其雨。吉
合集	29300		（2）王叀田省，〔亡〕戈，不雨。 （3）王歔，亡戈，不雨。 （4）叀斿田，亡戈，不雨。 （5）叀嫷田，亡戈，不雨。
合集	29308（《旅順》1827）	填墨	（2）叀戊省彎田，亡戈，不雨。〔註2〕
合集	29377		叀姀田省，不遘雨。大吉 吉
合集	30122		（1）叀嶭岅口，田省，征〔往〕于向，亡戈，永〔王〕，不冓雨。
屯南	3057		王叀盂田省，不冓雨。
屯南	4457		……〔喪〕田省，不〔冓雨〕。
英藏	02317		叀盂〔田〕省，亡戈，不雨。大吉

〔註 2〕《合集》釋文的「戊」誤釋為「凡」，今據《旅順》1827 補正。

旅順	1830	「省」字被刮削。	……盂田省、湄日〔亡〕戈，不雨。
蘇德美日	SD294		更王省田，不冓雨。

（九）弜田·雨

著錄	編號／[綴合]／（重見）	備註	卜辭
合集	28556		(2) 弜田，其雨。 (3) 王弜田，其雨。
合集	28618		(2) 于壬王廸田，不雨。 (3) 王弜田，其雨。吉 (5) 王不雨。
合集	28718		(1) 辛弜田，其雨。 (2) 弜田，其雨。
合集	28719		(2) 弜田，其雨。
合集	28900		(1) 今日〔王〕……更……雨。 (2) 弜田陰，其雨。
合集	28971		(1) 弜〔省〕師、〔又〕工、〔其雨〕。 (3) 〔省〕喪田，其雨。 (4) 今日乙王弜省師、又工，其雨。
合集	28993		(2) 弜省宮田，其雨。 (3) 更喪田省，不雨。 (4) 弜省喪田，其雨。 (5) ……王其口麑田口、入、亡〔戈〕，不冓大雨。

合集	29002	(1) 弜省襄田，其雨。吉 (2) 弜省宮，其雨。吉
合集	29003	(2) 弜省襄田，其雨。 (3) ……王其省田……机，入，不雨。
合集	29253	(1) 王重牢田，亡戋，不冓〔雨〕。 (2) 弜田牢，其雨。
合集	29327	(2) 翌日戊王其田，湄日不雨。 (3) 弜田，其雨。
合集	29328	(1) 弜田（歡？），其雨。大吉 (2) 今日辛至昏雨。
合集	29329	(1) 辛弜田（歡？），其雨。 (2) ……不雨。
合集	29360	(1) 其弜田靿，其雨。
合集	30144	(1) ……弜〔田〕……每，冓大雨。 (2) ……其〔歡〕，湄日亡戋，不冓大雨。吉
合集	30144+ 28515+《安明》1952【《契》116】	(1) 戊辰卜：今日戊，王其田，湄日亡戋，不……大吉 (2) 弜田，其每，遘大雨。 (3) ……湄日亡戋，不遘大雨。 (4) 其歡，湄日亡戋，不遘大雨……吉
合集	33533	(1) 辛王弜田，其雨。 (2) 王王弜田，其雨。 (3) ……盂……湄日亡戋，不冓雨。

合補	9185（《天理》565）	（2）今辛田田，其雨。 （3）……田田，〔其〕雨。
合補	9232	（2）田田……坒……〔雨〕。
屯南	0042	（1）田田，其冓大雨。 （2）自旦至食日不雨。 （3）食日至中日不雨。 （4）中日至昃不雨。
屯南	0217	（1）田田盥，〔其雨〕。 （2）枼門田，不雨。 （3）田門，其雨。
屯南	0757	（1）辛田田，其每，雨。 （2）于王田遟田，湄日亡戈，不冓大雨。
屯南	0758	（1）田田，其雨。 （2）田田，其雨。
屯南	2192	（1）田〔省〕爰〔田〕，其〔冓雨〕。 （2）叀于田省，不冓雨。 （3）田省盂田，不冓雨。 （4）叀宮田省，不冓雨。 （5）〔田〕省宮〔田〕〔其〕冓雨。
屯南	2321	田田，其雨。吉
屯南	2358	（1）丁酉卜，王其乩田，不冓雨。大吉。兹允不雨。 （2）田乩田，其冓雨。 （3）其雨，王不冓雨吉 （4）其雨余。吉

（8）辛多雨。	
（9）不多雨。	
（10）王多雨。	
（11）不多雨。	
（12）翌日王雨。	
（13）不雨。	
史語所 253	弜田霝，其雨。

（十）王田·地名·雨

著錄	編號／【綴合】／（重見）	卜　辭	備　註
合集	29248+28678【《甲拼》168】	（4）王弜兆，其雨。〔註3〕 （5）王叀牟田，不冓雨。吉	
合集	29253	（1）王叀牟田，亡戈，不冓〔雨〕。 （2）弜田牟，其雨。	
合集	30528	（1）癸亥卜，□，貞：王□田，今叀吉，不冓雨。 （2）乙丑卜，何，貞：王今叀吉，不冓雨。 （3）乙丑卜，何，貞：王叕弜，不冓雨，今叀吉。 （4）乙丑卜，何，貞：王叕弜，不冓〔雨〕。	
合集	37645	（2）戊辰卜，貞：今日王田洈，不遘大雨。 （3）其遘大雨。 （4）□□卜，貞：〔王〕田洈……大雨。	
合集	37646	戊辰卜，才叀，貞：王田洈，不遘大雨。兹印。才九月。	

〔註3〕王子揚認為「兆」字應為「癸」字異體，此字多出現在叀組卜辭和出組卜辭中，用為田獵地名。參見王子揚：《甲骨文字形類組差異現象研究》（北京：首都師範大學文學院博士論文，2011年10月），頁279～281。

合集	37647	（1）乙丑〔卜〕，貞：今〔日王田〕□，不雨。〔茲〕卟。 （2）其雨。 （3）戊辰卜，貞：今日王田（章），不遘雨。 （4）其遘雨。 （5）壬申卜，貞：今日不雨。
合集	37669+38156【《綴續》431】	（1）戊戌〔卜〕，〔貞〕：不遘〔雨〕。 （2）其遘雨。 （3）壬午卜，貞：今日王田（曹），湄日不遘〔雨〕。 （4）其遘雨。 （5）乙巳卜，貞：今日不雨。
合集	37671	（3）壬午卜，今日王田（曹），不遘雨。 （4）其遘雨。 （5）……雨。
合集	37685	□□卜，貞：王田，叀……不雨。
合集	37714	（2）其遘雨。 （3）戊辰卜，貞：今日王田（曹），湄日不遘雨。 （4）……雨。
合集	37727	（1）其雨。 （2）戊申卜，貞：王田（磬），不遘雨。茲卟。 （3）其遘雨。
合集	37728	（1）其〔雨〕。 （2）戊申卜，貞：今日王田（磬），不遘雨。 （3）其遘雨。 （4）辛亥卜，貞：今日王田（曹），湄日不遘〔雨〕。 （5）其遘雨。

著錄	編號	卜　　辭
合集	37733	戊午卜，貞：〔王〕田𡧤，往〔來〕亡災。
合集	37742	(1) 其雨。 (2) 戊申卜，貞：今日王田𤊈，不遘雨。茲𠦪。 (3) □遘〔雨〕。
合集	37744	(1) 其雨。 (2) □□卜，貞：〔王〕田𤊈，不遘大雨。
合集	37777	(1) 辛酉卜，貞：今日王其田𪇮，不遘大〔雨〕。 (2) 其遘大雨。
合集	37786	(1) 乙未卜，貞：今日不雨。茲𠦪。 (2) 其雨。 (3) □戌卜，貞：今日〔王〕其田𪇮，不遘雨。
合集	37787	(1) 戊寅卜，貞：今日王其田淒，不遘雨。茲𠦪。 (2) 〔其遘〕大〔雨〕。
合集	37795	(1) 壬戌卜，貞：今日王田□，不遘〔雨〕。 (2) 其遘雨。
合集	37829	□□〔卜〕，〔貞〕：王田□，〔不遘〕雨。
合集	41866《英藏》2567	(2) 壬申卜，才𤅗，今日不雨。 (3) 其雨。茲𠦪。 (4) □寅卜，貞：〔今〕日戊王〔田〕雙，不遘大雨。

（十一）田·雨

著　錄	編號／〔綴合〕／（重見）	卜　　辭	備　　註
合集	9059+12897【《綴續》546】	(1)〔貞〕：𤆞雨不隹□田……	

合集	25955	癸未卜，出，貞：彭□田，出□雨。之日……
合集	28180	(2) 王其又于滴，才又石桒，又雨。 (3) 即川桒，又雨。 (4) 王其乎戍桒盂，又雨。吉 (5) 叀万霉盂田，又雨。吉
合集	28540	(1) 叀今日田，辛不冓雨。
合集	29092	(1) 丙寅卜，扶，貞：盂田，其遘敏，朝又雨。
合集	29179	(2) 宮田，不雨。
合集	29278	(1) 辛亥卜，王叀王田盤，不雨。吉 (2) ……其雨。
合集	29380	貞：叀門田，不〔遘〕雨。
合集	29352	(2) 田襄，湄日亡戈，不冓雨。大吉
合集	24501	(1) 丁丑卜〔王〕貞：翌戊〔寅〕其田，亡災，往，不冓雨。
合集	28722	(1) 不雨。 (2) 田，湄〔日亡〕雨。
合集	28748	王田，其〔雨〕。
合集	29214	(2) 于宮弱，又雨。 (3) □□田霉，又大雨。
合集	29324	(2) 丁亥卜，扶，貞：其田（賢？）叀辛，湄日亡災，不雨。
合集	29326	叀（賢？）〔田〕〔湄〕日亡災，不〔雨〕。
合集	29990	(1) 叀庚覓，又〔雨〕。 (2) 其乍龍于凡田，又雨。吉 (3) ……雨。吉

合集	30044	（1）虘〔舞〕二田：喪、盂、又大雨。 （2）……舞……大〔雨〕。
合集	30152	貞：異其田，雨遘。
合集	41565	……盂田，湄日〔亡〕𢦏。不雨。
合補	13345（《蘇德美日》《德》293）	（1）其田，不冓雨。 （2）弜狄田，其冓雨。
屯南	0256	（3）丁丑卜，翌日戊，〔王〕異其田，弗每，亡𢦏，不雨。
屯南	0335	（1）弜庚申其雨。 （2）叀庚午衆于喪田，不遘大雨。 （3）弜庚午其雨。
屯南	0984	（2）辛其遘雨。 （3）叀田……秘束，不遘雨。
屯南	1108	（1）……日壬……不雨。 （3）〔弜〕叙、雨，往田，弗每。
屯南	2254	（1）壬寅卜，王其叙馘于盂田，又雨，受年。 （2）……叙……又雨。 （3）……今往，王平每于卯，叀之又用，又雨。 （4）……卯，又雨。
屯南	2341	（4）……酉其省田，不冓雨。 （5）□異，其往田，不雨。 （6）……〔冓〕雨。
屯南	4045	……𩁹田，湄……𢦏、不雨。

（十二）……田……雨

著　錄	編號／【綴合】／（重見）	備　註	卜　辭
合集	4315		□辰卜，翌……⑬田……陷……雨。
合集	10136正		（3）己亥卜，爭，貞：才甫田，出正雨。
合集	20740		［甲］寅卜，田……⑬田，乎……攷……雨。
合集	27021（《歷博》203）		（2）……龍……田，又雨。
合集	28557		……田，不遘大風，雨。
合集	28720		□田，其雨。
合集	28737		（2）……王其……凡田，戾……□雨。
合集	28747		□田，其雨。
合集	28776		（1）王□田□，不〔雨〕。 （2）王其獸，不雨。 （3）丁巳卜，今夕不雨。
合集	29276		（2）□□卜，狄，〔貞〕……田……雨。
合集	33438		……住田，不雨。
合補	9084		（2）……田……雨。
合補	9386		其田……雨。
屯南	2151		……其田，不冓雨。
屯南	2205		（4）……其田……冓雨。
屯南	4484		不〔雨，其田〕。
懷特	1323		……狄……田……雨。

二、獵獸・雨

（一）獸・雨

著錄	編號／【綴合】／（重見）	備註	卜　辭
合集	20757		（1）己亥卜，不毕，雨戰玟印。 （2）庚子卜，不毕，大風，戰玟。
合集	28776		（1）王□田□，不〔雨〕。 （2）王其戰，不雨。 （3）丁巳卜，今夕不雨。
合集	28785		弜戰，其雨。
合集	28787		□戰，不雨。

（二）禽・雨

著錄	編號／【綴合】／（重見）	備註	卜　辭
屯南	2365		（1）辛卯卜，今日□雨。兹允。 （2）不雨。 （3）壬寅卜，今日〔雨〕，毕。 （4）不雨。

（三）隻・雨

著錄	編號／【綴合】／（重見）	備註	卜　辭
合集	10222		（1）……今夕其雨……其雨。之夕允不雨。 （2）隻象。

著錄	編號／［綴合］／（重見）	備註	卜　辭
合集	10292		（1）□□卜，今夕雨。
合集	10989 正		（2）王其往逐鹿，隻。 （3）貞：而任雨隻異舟。貞而妣王雨隻異舟。
合集	21940		（1）□□卜，既雨……〔隻〕……
合集	21940+《乙》1472【《辭》318】		（1）……往田隻。 （2）……往……隻。 （3）……卜……既雨。
合集	40262		貞：不雨……不隻·辛……

（四）其他

著錄	編號／［綴合］／（重見）	備註	卜　辭
合集	20724		
合集	10389		乙卯卜……霾，不雨。 （4）貞：其雨。 （5）丙子卜，貞：今日不雨。 （6）貞：其雨。十二月。 （8）貞：今夕不雨。 （9）貞：其雨。 （10）甲午卜，虫，貞：今戈執麗。十二月。 （11）……雨。 （12）乙未卜，貞：今夕不雨。 （13）貞：□雨。